周廖玲诗选

周廖玲 著

江西高校出版社

图书在版编目（C I P）数据

周廖玲诗选 / 周廖玲著. — 南昌 : 江西高校出版社, 2019.11（2022.3重印）
ISBN 978-7-5493-9271-1

Ⅰ. ①周… Ⅱ. ①周… Ⅲ. ①诗集－中国－当代 Ⅳ. ①I227

中国版本图书馆CIP数据核字(2019)第259598号

出版发行	江西高校出版社
社　　址	江西省南昌市洪都北大道96号
总编室电话	（0791）88504319
销售电话	（0791）88522516
网　　址	www.juacp.com
印　　刷	天津画中画印刷有限公司
销　　售	全国新华书店
开　　本	880mm×1230mm　1/32
印　　张	17.5
字　　数	440千字
版　　次	2019年11月第1版 2022年3月第2次印刷
书　　号	ISBN 978-7-5493-9271-1
定　　价	56.00元

赣版权登字-07-2019-1016

致读者

亲爱的读者：

你好！

当这本诗集出现在你面前的时候，说明你和我是有缘分的。你将在这长长短短的诗行里了解我。

诗是心灵的贵族。在所有文体中，诗歌最能体现作者的心声。我想，凡是对文学艺术有浓厚兴趣的人，在自己的成长过程中，都会写一些文字，在这一行行文字里，有羞涩，有回忆。

从来没有想过自己会成为诗人，也没有想到我今天要出这本诗集，更没有想到会让更多的读者了解自己的诗歌。从第一篇诗稿完成开始，到这本诗集的完成，这是一个漫长且不断成长的过程。如果一定要追溯起因，那就是，早在少年时代读到的唐诗宋词，还有后来一批著名的诗人，比如汪国真、席慕蓉、舒婷等，以及外国著名诗人普希金、泰戈尔等对我的影响。

人们常说“熟读唐诗三百首，不会作诗也会吟”，这句话还是很有道理的，在唐诗宋词的熏陶下，我对诗歌的热爱日渐浓厚，经常找来一些书籍研读，品味那些优美词汇，体验诗中意境，让自己心身愉悦。

最美还是初相识！在年少时代接触的诗歌越多，对未来生活就更加充满诗情画意，因此，我总觉得：爱是美好的，婚姻是美好的，生活是美好的，未来是美好的。我怀着一切美好，忽略了人间的悲欢离合，忽略了生活的酸甜苦辣。

我不得不承认自己是多愁善感的。我喜欢在微亮的月夜听深情的箫声，我喜欢在有竹影的楼阁喝一壶热茶，我喜欢在寒冷的郊野看一束梅花绽放，我喜欢把屋子种满花草和它们说话。所以，我看到春花凋谢时会独自落泪，看到种子发芽时会忽然惊喜，看到夏天的葱绿会精神百倍，看到秋叶飘零会联想到短暂的人生……而这点点滴滴，就落在了我的诗行。

我要感谢自然，是自然界让我看到春花秋月；我要感谢生活，是生活让我体会到喜怒哀乐；我要感谢在我生命中出现的每一个人，是你们让我变得坚强、从容、淡定。

不管世事如何变幻，我坚信，我拥有诗和远方！

周廖玲

2017年12月18日

诗贵是真情

我和廖玲认识时间很短，且至今未曾谋面。但读了她的诗稿，她仿佛活生生地站到了我的面前：纯净得如山间小溪，初春露滴，似乎整天无忧无虑，眼角眉梢盈满笑意，且背着个小肩包，蹦蹦跳跳如邻家小女孩。

透过字里行间，我认定廖玲是一个对祖国、对亲人、对朋友、对学生有着深情厚谊的人，对一切真善美都特别钟爱且执着追求的人，是一个对美好生活充满激情和向往的人。

清晨，来一点薄雾/正午，来一场烈日/夜幕，来一股凉风/我以秋的名义问候你/别来无恙/远处，稻谷黄了/近处，果蔬熟了/心里，桂花香了/我以秋的名义问候你/快乐安康/城市，再热闹一点/乡村，再淳朴一点/天安门的上空再蔚蓝一点/我以秋的名义问候你/如意吉祥/站在九百六十万平方公里的土地上/听长江和黄河歌唱/祖国呀/我以秋的名义问候你/愿你万寿无疆(《以秋的名义问候你》)

当伟大的祖国庆祝生日华诞时，廖玲禁不住内心的激动，以秋的名义歌颂赞美祖国母亲，并表达了良好的祝愿和期盼。本诗没有像有些诗歌那样采取宏大的叙事方式，而是从秋天收获的角度切入，从稻谷、果蔬、桂花这些具象入笔，唤起读者的情感共鸣。

直到我也十月怀胎，才知道/她的躯体/是我此生居住过最奢华的家（《房贷》）

这首诗中的这些明白如话的句子，真真切切地打动了我的心，让我有一种触电般的感觉。如果不是一个女人，如果不是一个已经做了母亲的女人，如果不是对至爱亲情有特别深切感受的女人，如果不是一个才情兼具的女人，是断然写不出这样富于感染力和穿透力的诗句的。

这是一个特定的长度/我却要用我的高度征服它/站不成伟人的模样，也摆不出明星的姿态/只能把自己变成一支拐杖/让孩子们有一种依靠（《三尺讲台》）

她用对孩子们深沉的情爱尽情开拓自己的人生境界，把赖以谋生的工作当作人生舞台，幻化、升腾、蜕变。

正是基于这种热爱，亲情、友情、爱情、乡情，都纷纷走进了她的诗歌，亲切自然，从不矫揉造作！

爱上一个人/就会爱上一座城/你即便是废墟/我也一样爱你（《遗址》）

我就站在冬至的地盘/欣赏着这一切/心豁然欢喜了/这样的日子适合约会/约老朋友、新朋友/约女朋友、男朋友/甚至/把今天的主角——冬至一起约上/用沅江水煮一锅饺子/日子就这样沸腾了（《冬至》）

读廖玲的诗，你总觉得理性和感性并存，激情和智慧碰撞。正如她在微信中和我交流时所说：带有思考写诗，带有思考读诗……

想到有的孩子为了学分跳楼自杀/我不得不换一种心态监考/我说服自己/包容他们的东张西望/假想他们在这一个半小时/考试实在辛苦/假想他们的窃窃私语/只是为了活动一下舌头/假想他们的窸窸窣窣声/来自未成年人的保护/说我在监考，实在是无聊/不如说/我在监视每一个孩子是否有功利之心/老师只是渡船，像佛度众生/社会才是最好的学校/父母永远是最好的老师/别急，慢点/人生这张试卷太长/答错了，永远无法涂改（《我在

监考》）

这首诗何尝不是对应试教育的深刻反思？何尝不是饱含对祖国下一代深切的期许和呵护？相对于卷面的考试，的确，人生这张试卷太长了，更何况，一旦答错便永远无法更改。

廖玲的思考视角还指向了生老病死这一无法绕行的主题：

一同老去有何不好/在泥泞和沙砾中仰望日月/在安静的角落修补沧桑/如果可以，相依成绝美的风景/让这丰厚的季节/有风、有云、有阳光（《一枚落叶》）

我看见刚进急症室的人被推出来，亲人痛哭/才明白，人生有种遗憾/是你还没有在医院里真正生活过/就被送往太平间（《住院也是体验生活》）

很多人都会害怕老去，更害怕死去，然而廖玲却以一颗超然、淡然、释然的心来从容对待，在她的心里，生命不管是用一种怎样的方式呈现，都透着壮美，都是一道不容错过的风景。

诗歌，无论是意境的营造、情感的酝酿，还是表达的方式、技巧，都最忌扁平、单一，廖玲的诗都具有立体感、画面感，这得益于她不仅有诗人的情怀，更有画家的眼光。她是诗人，同时也是画家。

我在灯下描着的兰草/已经活过来/秋夜/开出一朵两朵三朵/你施舍的粉彩/染红脸庞/我倔强的情怀/一身翠绿/记不清多少次在黑夜里猝死/多少次在清晨复活/夜一直在说谎/对人不舍，对人不放（《夜会说谎》）

不得不承认，廖玲具备了一个优秀诗人应该具备的潜质，对世间万物的敏锐观察，对诗歌元素的准确把握，对内心情感的细致挖掘，尤其是能让语言高度诗化，颇具张力。

我在南方，小雪无雪/红枫还穿着嫁衣/黄菊仍抹着浓妆/远山如同我的青丝不肯泛白（《小雪》）

我决定要回去了/回去把母亲日盼夜盼的月点亮/把父亲日思夜

想的酒启开/把逝去的奶奶的祈福/从饼儿划开又合拢……像现在，总想看一下/被岁月釉上古铜色的父母（《中秋，是一份乡愁》）

春卷带着乡音/豆浆粑粑黏着深情/糖葫芦和棉花糖散发着童话诱惑/唯有茶叶蛋/煮得岁月醇久弥香（《南正街记忆》）

老爸新摘的橘子有点酸/老妈刚蒸的桐叶粑总那么甜/姐捣碎的山核桃很脆/我左手拿橘子右手拿粑粑/嘴里嚼着他们给的幸福（《放牧一枚中秋月》）

读了这些诗句，我会情不自禁地眯缝着双眼，伸长脖子做闻嗅状，然后不知不觉口舌生津，陶醉其中；遥想远方如黛的青山，和心爱的人儿十指相扣，终老一生；想不远万水千山回到生养我们的故乡，让我们漂泊的心在故乡开花抽穗。

廖玲的诗歌之所以能打动人，最难能可贵的是她只写她熟悉的人和事，景和物，尽情抒发她窖藏于内心的真实情感，她深信“心中有一份美好，生活就会处处有诗歌”。因此，相较于一些无病呻吟，过度堆砌辞藻，随意铺排意象的所谓现代派诗歌而言，廖玲选择的路子无疑值得充分肯定。

我曾好奇地问廖玲，为何在诗歌日渐式微的今天还坚持写诗并且出版，她告诉我，不为别的，只为“让不同阶层的人能看懂诗，喜欢诗”！

多么单纯而美好的愿望！

前路正长。祝愿廖玲越走越远，写出更多更好的诗篇献给热爱她的读者，同时，无愧于我们这个伟大的时代。

是为序。

宁　炜

2018年3月8日于长沙

目 录

上篇：周廖玲诗赏析

下篇：青春适合怀念

第一章 最美还是初相识

第二章 外面的世界很精彩

第三章　感恩生活

第四章　42首短诗欣赏

上篇：周廖玲詩賞析

禅

我若为佛
愿化作莲花一瓣
吸天地之灵气
悟五彩之人生
在红绿间看黑白
在浊尘中品清淡

我若为佛
愿彩衣披身
幻化成风，幻化成雨
幻化成七彩虹
加一切善因
减一切恶果

我若为佛
愿度可度之人
众生皆平等
你不再是你，我不再是我
荣辱、悲欢
一笑而过

赏 析

这是一首带有禅意的诗，也是一首有趣的诗。首先你要看明白，然后才能理解作者的用意。

正如作者在诗中所说，“在红绿间看黑白”，“悟五彩之人生”。这首诗有点“执”，执在它有点阐述“因果”的意味。记得前些年有人问我：你修炼得怎么样了？我答：还是执。是的，红尘中人，无论怎么活，怎么修炼，还是那句话：有点执。

诗歌应该关心自己才是。这样的诗歌看似简单，实则聪明。那是一个无人企及的境界。我是一个俗人，心中总是装着杂七杂八的事，所以写不好诗，尤其是写不好关心自己的诗。周廖玲也是一心想要成佛的人，一心想着度可度之人，虽然这很累，但使我对她多了一些敬畏。

马德说，在一个薄情的世界里，你得学会绝情地活着。雪小禅说，在薄情的世界里，要深情地活着。两种活法，一个人生。一个是割舍，一个是热爱。一个是男人，一个是女人。依我说，男人要懂得为女人思考，女人要学会像男人那样思考，才是人生的赢家。

诗歌也是如此。有一半需要割舍，有一半需要热爱。

（姚筱琼）

姚筱琼简介：

姚筱琼，女，苗族，湖南省怀化市作协副主席。1984年发表作品，先后在《人民日报》《民族文学》《北京文学》《飞天》《散文百家》《文艺报》等30多家报刊发表小说、散文、文艺评论200余万字，其中40余篇（部）获省级以上奖项。著有散文集《即将消逝的古村落》《远山阳光》、长篇小说《罪名成立》《失手》《危情布局》、短篇小说集《芭蕉雨》。长篇小说《罪名成立》《危情布局》为湖南省2008年、2010年重点扶持作品。《即将消逝的古村落》为2015年中国作协全国少数民族重点扶持作品。散文《父亲的田野》入选2011年吉林省《作文与考试（初中版）》试题。

夜遇仓央嘉措

想起那个箫声
一颗心便可参佛
记得
灯影婆娑

许我徘徊在月色
夜虫啾歌
菩提的影子陷于林丛
无人述说

你是幸福的，仓央嘉措
月光里孤艳的佛陀
这一见
我就走不出旋涡

赏　析

曾有一句话说，诗歌讲究的是圆，可能也包括诗歌的面面俱到和周而复始，讲究对称，讲究呼应，讲究圆满，像月亮一样。

可艺术之所以为艺术，不是还有残缺美吗？像月牙儿，像月半弯。这首诗给我们的印象就是这样，我们欣赏它时，完全受它的描述所左右，它引人入胜，让我们完全不觉得诗歌的短，可正当我们浸润进去津津有味欣赏时，它余音袅袅，可又戛然而止，使我们感到意犹未尽。可细想片刻我们又认为：确实，她不用再往下面写了，我们完全能想到下面该怎么写。

有这种思索的诗人，一定是特立独行的诗人，或者就是谙熟了艺术的真谛。

（晚枫）

晚枫简介：

晚枫，实名刘际云。半个文人，半个商人，一个男人。诗观：诗，是用生命揉搓的悲欢离合，是开在伤口上的花。

第三使命

争议诗歌的高度有什么意思
你肯定吃饱了撑着
常态与个体都是自由选择
爱与不爱是一念之间

换位思考又怎样
嬴政能复活吗，拿破仑会投胎吗
他会关注你吗

笑话。你死了都与他无关
荒原照样绿荫丛生
而你的第三使命是把骨灰整合
新生

赏析

一直不愿意写诗歌评论，因为我对诗歌的敬畏超出对其他宗教和迷信的敬畏。我很喜欢“我们花两年时间学会语言，而我们花一生的时间来忘掉它”这句话，我同样喜欢“拿破仑是邻居养的一条狗，两年前死于饥荒”这两句诗。而周廖玲的这首诗歌其标题着实让我用“道可道，非常道”这个名句来压惊，第三使命是一个怎样的使命呢?逐字逐句地读完这首诗，我依然似有所悟，又依然似有迷茫。值得肯定的是，她用这首诗直击了当下的一些现象，又以愤懑的笔触昭示了底层的无赖。但这更是对矛盾的、悖论的人性的反映，人之善是多么的可怜，硬要等到化成春泥再护花吗？我们非要放弃无数个使命，来追求所谓的任何词典都查不到的第三使命吗?这样的问、这样的诗和诗人古而有之，她的这首诗让这些诗和诗人呼之欲出，让读者停下来思考和反思。

（范文胜）

范文胜简介：

范文胜，写诗的时候是诗人，不写诗的时候是工人，闲下来想做僧人。

橘子红了，橘子走了

橘子红了
深秋开始离别，冬月就来了
橘子描了眉，抹了唇，披了嫁衣
选择一个喜庆的日子
准备出嫁

橘子红了
是因为，辛苦一辈子的父母
守着这片橘林
日出而作，日落而息
每一寸肌肤都被他们抚摸

橘子红了
橘园丰满了，父母也老了
家乡的路迎来一群接橘子的人
父母摸着橘子笑了
看着车走哭了

橘子红了，橘子走了
带着泥土的芬芳，带着山林的氤氲
带着父母的疼爱走了

这一走
黔阳冰糖橙就出名了

赏 析

黔阳冰糖橙闻名已久，但在寻常人眼里，它仅是一种美味的水果而已。

周廖玲笔下的橘子有了不一样的归宿，她用诗歌的方式把它和一个女子的成长联系在了一起，橘子红了等同我家有女初长成一样。读她的《橘子红了，橘子走了》，不难想象，每一个橘子和少女都是那么美好，芳姿婷婷、美丽动人。

诗的开头，她用每一个女子待嫁时的“桃之夭夭，灼灼其华”巧妙地夸赞了自己家乡黔城的冰糖橙的出色。而在整首诗歌里，橘子不只是有其形，也是有血有肉的，包含了父母之爱，儿女之情，橘农的辛劳便是父母的含辛茹苦。佐以情感，佐以离别，无疑，周廖玲的橘子与别人家的橘子是不同的，仿佛贯穿了家庭的故事，眼前不只有橘子红了的景象，还有红盖头掀起来的欲说还休，耳畔更有唢呐迎娶的喜庆高腔。再寻常的事物在有诗心的人眼里，都是有情感、有故事的。周廖玲做到了。

（木兰）

木兰简介：

木兰，湖南省作协会员，中国公安文联会员，湖南省第六届青年作家代表，怀化市作协副主席。作品散见于《散文百家》《美文》《中国艺术报》《贵州日报》《散文诗》等国家、省、市级报刊。散文集《草木染》被收录于中国公安部文联数字库。作品《夏时光》被收录于湖南省2011年度精品散文集《芙蓉花开》，并获2013年“潇湘杯”大赛三等奖。2015年6月，在《怀化日报》开辟专栏“百草园”。2017年3月，在《贵州日报》开辟专栏“陌上清音”。2012年毛泽东文学院第十一期中青年作家研讨班学员。2016年5月鲁迅文学院第二十四期少数民族作家创作培训班学员。

致未来

我在半截泥土里歌唱
看大雁南飞，蛇蚁冬藏

我不知道，我的春天
还能开几季杜鹃
我的冬季，还有多少雪霜

当我老去
你是否会站在云端
眺望

赏　析

未来，即未知。致，则是一个诗人的忧虑和致意。当未知和忧虑碰撞于一个女诗人心魂的时候，大自然的物象就成为诗人外化的延伸和意指。这样一枚落在干涸土地上的秋叶就和诗人的生命发生强烈的共鸣。“我在半截泥土里歌唱”，生命的易逝和自然大道的周而复始，对未来的茫然和相信均成为诗人笔下一波三折的诘问与咏叹。“我不知道”“几季杜鹃”“多少雪霜”，杜鹃的红，雪霜的白，鲜明的动与静，憧憬与安静，这一简单有力的场景，直逼“当我老去”时，那个“你”，那个诗人一直热爱并苦苦追寻的爱之神、命运之神和缪斯之神，是否随爱在未来呢？短短的八行短制，扣人心弦，让人肃然起敬。

（峻刚行者）

峻刚行者简介：

峻刚行者，本名孙军岗，1970年出生于陕西关中西府，做过工人、报刊编辑、地产营销人。现为中国诗歌流派网《诗歌周刊》荐稿编辑。在《诗歌月报》《诗歌周刊》《巴中文学》《长江诗歌》《中国·诗影响》《诗中国》等报刊发表诗作。2013年回归创作，作品入选各类选本。出版诗集《第四人称》《樱花很美》《忐忑的善意》。

化茧成蝶

（一）

不知道你是什么时候来到这里
在兰丛住下
是我昨日洒了雨滴
还是我前日溢出酒香
或者是很久以前我落下的泪

梅雨过后
尽是朝阳
我知道这个季节
你一定会点上满山的红灯笼
等一个使者来读月夜

（二）

痛，一定会痛
只是你从不吭声
来不及离开巢穴
来不及伪装自己的柔弱

喘息于叶上
紧紧地抱住那个依赖
惊愕我触摸你
如婴儿惧怕母亲离开

（三）

蜕变，需要勇气
那种痛，你我都明白
必须经过漫长黑夜

重生，就看到希望了
凤凰涅槃很短暂
飞蛾扑火更壮观

（四）

纵然我有千万个喜爱你的理由
如果我们不属于同一个世界
爱，就是一种禁锢
是一种伤害

你需要自由
需要蓝天和白云
需要自由自在的呼吸
我却给不了你

（五）

我还有什么资格爱你
你那么懦弱
我却在伤害，我鄙视自己的无理
只是，我不知道该如何去面对过去

该放手了
抓住不放的永远是那份脆弱
你蜕变成蝶
竟让我在那段回忆里泪如雨下

赏　析

这首诗像一个凄美的爱情故事，使我不得不想起“梁祝”的故事。诗人一开始便以委婉、细腻的语气描写“是我昨日洒了雨滴/还是我前日溢出酒香/或者是很久以前我落下的泪”，“我”的那份情感就拉开了序幕。“痛，一定会痛”，拥有爱情的人是幸福的，也是痛苦的。这份情感就像婴儿离不开母亲，在心中始终坚信着你能给我幸福给我一切美好。“蜕变，需要勇气/那种痛，你我都明白/必须经过漫长黑夜”。是的，要想改变命运改变现实，在这漫长的日子里，就要不停地抗争，爱情如此，蛹化成蝶也是如此，在第三节里诗人把主题思想推上了高潮。然而，“我”的世界里却给不了你那么多，虽然我很爱你，爱一个人就是为了她的幸福快乐。我不能自私地把你禁锢在我的世界里，当你我处于两个不同的世界时，我唯有忍痛地让你远走高飞。这样我对你的爱才能真正释放在最恰当的一处。最后一节，诗人选择放飞，也许这是对爱最好的诠释吧。

这首诗语言朴实贴切，且情感跌宕起伏，读来极有吸引力和穿透力。诗中所反映出来的爱也是最真实的，诗中所透露的爱情哲理更是引人共鸣。可见诗人构思缜密，用意极深。个别诗行还需内敛，以增强诗歌的语言张力。此诗给人带来强烈的感染力和震撼力。因为真情在此诗行间默默地流淌。诗贵真情也！

（康楚逸士）

康楚逸士简介：

康楚逸士，原名陈仁，海南儋州人。诗歌爱好者，中国诗歌学会会员，海口市作协会员。作品多见于网络，少见于纸媒。现主编《惜缘文学》。诗观：诗歌是神圣不可侵犯的，做好一个人，再来写诗。

馈　赠

我不能轻易许下诺言
在我还没看清楚自己之前
我的每一步前行
都很蹒跚

我不想轻易许下诺言
在我发现另一个自己时
我的每一次成长
都很腼腆

我不愿轻易许下诺言
在我回首此路经过的荣辱悲欢
我的每一回蜕变
都很艰难

你说的话只要一分钟
而我却要无数个一分钟的练习
如果你不了解我，请问
我该拿什么馈赠给你

赏 析

被索书画，相信每位书画家都有这样的懊恼，诗人应该也是一位书画家，要不，写不出这样夹杂着诸多无奈与心酸甚至愤怒的作品。

前三个段落，诗人分别用自谦式的告饶、自卑式的乞求、自怜式的拒绝来对抗所谓的馈赠。或许，对方仍不罢休，诗人只能质问了，这是呐喊，更是反抗。

很多行外人以为书画家随便就可以搞一张作品出来，是随手一挥就可以完成的事，因此，认为送给他一幅字画是一件小事情，也是理所应该的事情。很多这样的人忘了“台上一分钟，台下十年功”这句话。因此，作者再次告诉大家，一个书画家的成长，是经历过千辛万苦的。作为索画者，你给点润笔费，不仅是对艺术的尊重，更是对书画者的怜爱。

最后写句题外话，下次遇到索画者，给他电子版吧！

（邓立辉）

邓立辉简介：

邓立辉，女，1975年生于湖南省沅江市。先后师从石君先生、林凡先生。现为中国美术家协会会员，中国工笔画学会会员，中国人民大学访问学者，中国人民大学画院特聘画家，中国热带雨林研究院特聘画家，湖南省工笔画协会理事，长沙画院院聘画家，沅江市第八、九届政协常委。

念想，很重也很轻

数几百只鸭子都没有用
再也回不到童年
那无忧无虑的境界
大桥下仍有溪水流淌
大桥上仍有车辆奔驰
深夜不休

不是所有人都会在子夜数鸭子
深夜的鸭子带着蛊
数一次，痛一次
或是多一些
或是少一些
绒羽，沾满念想

我还在漫无目的地数着
过去和未来
就是脑海里走过的鸭子
心声
时而很重
时而很轻

赏　析

念想是什么？念想，是一种心灵感应，也是内心的真实写照；念想就是想象一个事物，然后用心加以固化或延伸，但不脱离主题。念想，就是明明知道不可能再在一起的人，又不忍心很快从内心抹去而在心底留存那么一点点的思念因子……

"深夜的鸭子带着蛊/数一次，痛一次……"，回忆的背影如一缕风，拼凑不出曾经模样，无法抹去的岁月，念想就成了会呼吸的痛。"我还在漫无目的地数着/过去和未来"，叠加的岁月里，黑发中的白发隐藏着念想。放逐的念想是永无止境的。逝去的流年，绽放的是清晰的回忆；青涩的年纪，烙下的是成熟的历程。某一夜，在一股缓缓的溪流中折放了一只纸船，里面放满了念想。缥缈的念想虽然虚无，但溪水、大桥、车流都留存在记忆的芯片中，不时地会给人一种温馨的、幽幽的满足感。“心声/时而很重/时而很轻”，于是乎，念想就不会像思念那样撕心裂肺，但念想是一种泪，念想是无声的话语，念想就是那段忘不了的美好时光。谁又能轻易地将念想抹去呢？

诗歌的本质在于抒情，诗人发挥了自己独特的想象力，精心构置了一个虚实相生的艺术形象中心，用朴实简练的语言和她感性的思维，让读者产生强烈的感情共鸣。

（杨付英）

杨付英简介：

杨付英，笔名英子，瑶族。高级历史教师。系湖南省作家协会会员、湖南省诗歌协会会员、江山文学网签约作者，兼任《报告文学》特约记者。喜欢摄影，出版有诗文集《蓝草籽》。

故乡的原风景

不需要大手笔，就用线描的方式
把它的轮廓初步描绘
把这一山一水，还有楼房
都记在你的速写本上

把你想要的色彩涂上去
蓝天、白云、碧水、青瓦和白墙
还有逐渐泛黄的秋叶
都跃入你的指尖

是青山给了一种依靠
是碧水养育了一方文明
这一块土地，是村民的希望
是孩子们的文化殿堂

允许你亲吻一次故乡的原风景
让周围的柑橘和稻香
在每一寸泥土上采集光芒
让故乡的每一条道路通向远方

赏　析

我经常读周老师的诗，她的诗有画面感。欣赏周老师的诗，就像欣赏她的山水画一样，让人觉得清新自然。

阅读周老师的现代诗《故乡的原风景》，犹如欣赏一幅山水画，她用诗文代替画笔，将普通得不能再普通的花草树木、山山水水，用文字展现给大家。“蓝天、白云、碧水、青瓦和白墙”，这些色彩，这些景致，是我们都向往的世外桃源。

看似随意“入画”，实是精心“选材”，她让我在这朴实的文字中，渐入画境……

（向开光）

向开光简介：

向开光，湖南省洪江市人，洪江市书法家协会副主席、秘书长。

如果可以

如果可以，我就做你的古琴
在熏香燃起时与你缠绵
听风雨夜话
什么高山流水，下里巴人
统统不管
只管你在我的地盘撒野

如果可以，我就做你的茶宠
间接沾染余茶的芳香
被你轻轻捧起，温柔抚摸
任你用诗情画意挑逗
让心蔓延
在一盅盅热茶中沸腾

如果可以，我就做你的案几
每天渴盼你的到来
跟你形影不离
看你握起狼毫为钟情人书写
那些词汇，不痛不痒
有些爱意，若隐若现

赏 析

这是一首爱情诗，是诗人内心深处自然流露出的一种追随恋人的幻觉，是一种爱恋初心的再度萌发。她在找一种皈依感，想回归一种小鸟依人的女人味。

作者以“如果”的假设，含蓄的比喻，一层层释放自己多年后才找的爱情感觉。放下身份，以物现身在恋人面前，先是做古琴，在音色迷蒙与熏香袅袅中与恋人缠绵，放逐梦幻中的自己。

第二段变换成茶宠被手抚摸，被沸腾的香茶液浸泡。有触摸感，性感而高雅，体现出腼腆的含蓄美。

第三段以案几现身在恋人的书房，与他朝夕相共，如影随形，将与恋人约会的诗境推向高潮。

这首诗是女诗人再次点燃生命之火的一种潜意识畅想，比喻独特，描写细腻，文字优美、韵律感强，将一个女人的思念巧妙地安排在器物中，像旗袍的优雅美，若隐若现，越品越有意境。本诗是爱情诗中的佳品。

（林歌）

林歌简介：

林歌，原名胡林，湖南芷江人。1963年12月生，汉族，字墨林，号明山悟禅人，书斋名林艺轩。先后毕业于怀化学院美术系、湖南师大美术学院。现任教于怀化学院美术学院，副教授，系怀化学院美术学院副院长、怀化市国画院秘书长、湖南中国画学会理事、湖南美术家协会会员、湖南九歌书画院特聘画家、湖南艺术设计家协会会员。

生如夏花

六月的太阳很毒
你说我，比太阳还毒
而我只想盛开成一朵花
在太阳下，让你欣赏

生如夏花有何不可
你来不来
我都在这里
自尊自爱、顽强不息

夏荷开在酷热，雪莲长在严寒
如果不能走进同一个环境
不是我高傲
而是你经不起考验

你永远在困惑
生如夏花的女人
就似荷塘里的那道风景
永不攀附

能深情欣赏就是善缘

看淡山山水水
最坏的结果也不过是
你结你的果，我开我的花

赏 析

文学作品都是来源于现实，高于现实的，有辞藻华丽的，也有朴实的，但不管是辞藻华丽的，还是朴实的，都表达了诗人的情感。

读她的诗，感觉人如其花！不惧太阳热“毒”，不怕人群热议；不附庸风雅，不孤芳自赏；不强求，不炫耀，只为静静地向阳开花，轻轻地随风摇曳，淡淡地绽放美丽，正如你来或不来，看或不看，她都是如此——端庄、典雅！

“你结你的果，我开我的花”，这是多么洒脱、淡然！人生难得如此呀，女人，就该生如夏花！

周廖玲这一力作，既写出了花的高洁品质，又写出她那淡然的个性，还抒发了她内心那份宁静、洒脱的心境！

（向其英）

向其英简介：

向其英，女，36岁，湖南省洪江市岩垅乡中心学校语文老师。洪江市四星教师，教学名师。

住院也是体验生活

挂号，问诊，查病，住院
不管大病小病，你得走这个流程
当然，急症除外
那是争分夺秒救人

我算是病人吧，因为我住进来了
不住下来消炎，我还会咯血
我不算病人吧，除了咯血我好像一切正常
医生说我坚强太久了

我知道医院门口有条路永远都不会堵
那是一条救命线
我还知道输液管那么长
是设计给没有陪护的人能自理

我看见刚进急症室的人被推出来，亲人痛哭
才明白，人生有种遗憾
是你还没有在医院里真正生活过
就被送往太平间

赏　析

作者怀着沉重的心情写住院那烦琐的流程。医院那长长的输液管，让人感受着病人病痛的折磨、孤独；太平间里的哭声，让人感受到亲人的无奈和生死离别。

这首诗的第一段自然切入，中间部分有理有据，通透有逻辑。其结尾尤佳，视角独特。每一首诗都应有它的视角、立意，以及表达的主题，这首诗很明确地表达了主题。

作者对生活观察入微，对人生理解透彻，她告诉我们，活着就是福，保重身体，唯愿人人都健康快乐！

（彭洪秋）

彭洪秋简介：

彭洪秋，男，1943年生于湖南洪江，中学美术一级教师。现为中国盆景艺术家协会会员、湖南省美术家协会会员、湖南省书法家协会会员、怀化市书画艺术研究会顾问、洪江市老年书画家协会副会长。

如果我还能好好活着

我不怕死亡
怕再也看不到那张熟悉的脸
怕来不及跟心里的那个人说再见
怕该我完成的任务无法实现

无法预知死亡
不知道出现哪次意外，就离开了
尽管我小心翼翼地对待每次生活
不要战战兢兢地面对每次逆境
我也有面对熟人放下戒备的时候

我要学会放弃死亡
不再成为一个岁月的俘虏
有些故事曲曲折折
有些酸甜深深浅浅
如果我还能好好活着
见或是不见。都在你心里住着

如果我还能好好活着
就让我一直待在你最温柔的一角
不管严寒酷暑

不管悲欢离合
成为永不熄灭的心灯
不要永不褪色的山河

赏　析

初识周廖玲老师，是在洪江市书法协会会员开会的那一次，早有耳闻她是一位诗书画俱佳的才女，给我的感觉也是一位温柔贤淑、心思细腻的女子。

读完本诗，我马上想起一次冰冻时开车在路上经历的一些事情。由于结冰太厚，接连几辆车控制不住刹车，都打滑横在路中央。我顿时心慌得厉害，自己也控制不住方向盘了，脑海一片空白，感觉离地狱那么近……是的，当人没有面临危险、困境时，总觉得灾难离我们很遥远，其实，只要一个瞬间的意外，也许彼此间就天地相隔。

周老师这首诗告诉我们：好好地活着看似容易，其实，要做到无忧无虑地活着，幸福快乐、有尊严地活着却很不容易。所以，活在当下，有个爱你的人就应该好好珍惜，在有生之年，做自己想做的、喜欢做的事，不辜负自己，不辜负时光。

（巫瑛）

巫瑛简介：

巫瑛，女，湖南省洪江市安江人。洪江市瑜伽协会会员，洪江市书法协会会员。

一把剪刀

不是懒
是不知道该如何开笔
病后，仍然还有
一个没有愈合的伤口

我需要动刀解剖自己
不要才情
也不要奢华
有一个真实的未来就好

盛夏，走过三月的春风
柳绿了、花红了、天蓝了、云白了
我却病了

一个病人还能表演什么
用一把剪刀放血吧
让我这朵民间的纸花
绽放在三月诗友社的春风里

赏　析

“不是懒/是不知道该如何开笔”，开篇就似有千言万语不知从何说起，引读者发问。“病后，仍然还有/一个没有愈合的伤口”。这个伤口是什么？情感再次递进。“我需要动刀解剖自己”，“我”需要重新审视自己的人生。作者在生病期间有很多的感悟，“有一个真实的未来就好”。花红柳绿，蓝天白云，如此美好，“我”怎么能病了呢？作者心灵在此得以回归。

话锋一转，“一个病人还能表演什么/用一把剪刀放血吧”。我们在此读到了作者为人师表的谦卑，读到了湘西女汉子的热情和豪爽。“让我这朵民间的纸花/绽放在三月诗友社的春风里”，寄情，点题。

读她的诗歌，眼前不自主地浮现她小巧玲珑的身材，一袭旗袍，笑靥如花款款走来，似民国奇女子，气质才华自然横溢。诗歌和书画点缀她的教师生涯，让她的生活厚实而从容，字里行间无不处处充溢着灵气与哲思。活在当下，珍惜拥有，这是她悟到的。或许这个世界不管是什么人，都总是要在自己经历之后才更明白自己到底应该如何生活，如劫后重生脱口一句“活着真好”一样发自肺腑。

曾经的执着、曾经的不如意在此刻都变得不再那么重要，曾经被自己忽视的，没被搁进心怀的此刻也变得温暖，是人性的回归，是痛过之后的豁达，是成长，更是蜕变。

整首诗歌精短，虚实巧妙结合，结构紧凑，情感饱满。这是作者记录的一段心路历程，我想，如果是陌生的读者，会有更为宽阔的思考空间及更多的领悟。至此，祝周老师这把剪刀可以更多地修剪掉人生路上的不如意，剪裁出更精彩的人生。你的诗意、才情也一定是诗社最绚烂的那抹三月桃红。

（青荷）

青荷简介：

青荷，原名颜佑兰，女，湖南省益阳市人，诗歌爱好者。现居怀化。

在剪纸的世界里思念一个民族

剪着，刻着
一个图案就是一个民族
一个花样就是一种语言

五颜六色的纸，一颗赤诚的心
借一把快刀，修一个蓝图

把北粗南细表现得淋漓尽致
连的不是线条，是爱心
精彩的不是图饰
是民族精神

总觉得，剪纸展现的
是一个民族的图腾和自信
我要在剪纸的世界里思念一个民族

赏　析

细读此诗之后，我感受很深。一是诗中表现的题材内容丰富而广泛，二是所拟的标题可从“大”和“小”两方面加以理解。大，是指剪纸的历史和民族的渊源；小，指的是女诗人在剪纸过程中心中装着祖国，这种情怀很难得。诗人用独特的眼光观察着周围的一事一物，用工笔画家一样的手段加以表现，耐人寻味。她细腻的情感，在剪刻花鸟草虫时表露出自己的心境，反映了对剪纸艺术的热爱。

剪纸是中国最普及的民间传统艺术之一。人们用剪刀将纸剪成各种各样的图案，如窗花、门笺、墙花、顶棚花、灯花、门神等，贴在家中窗户、墙壁、门和灯笼上，用来装饰生活和美化生活。剪纸历史悠久，早在我国汉、唐时期就被用来作为装饰品。从一些经典的古诗集中我们能寻觅到剪纸的踪迹，例如李商隐《人日》中就有“楼金做胜传荆俗，剪彩为人起晋风”的诗句，这里的“剪彩”就是剪纸的意思。而剪纸这个词本身更是频繁地出现于诗句中，例如著名诗人杜甫《彭衙行》所写的“暖汤濯我足，剪纸招吾魂”，这里就直接采用了剪纸这个词。剪纸材料易得、成本低廉、效果立见，全国各地都能见到剪纸，并且形成了不同风格流派。它不仅表现了群众的审美爱好，而且蕴含着民族的深层心理。作为一种充满民族意识和人情味的文化现象，剪纸的魅力使无数人对它一往情深。剪纸有非常强的民间灵魂和气息，所以生存力非常强，经过上千年的发展，剪纸艺术长盛不衰，变得愈发壮大起来。现代剪纸种类多样，内容齐全：从题材上分，有人物、动物、景物、组字等，既有展示历史故事、神话传说的，也有反映现实社会生活、风俗民情的，涉及方方面面；从色彩上分，有单色、彩色、套色、衬色、拼色等若干种；从形式上分，有剪纸、刻纸、撕纸、烫纸和几种形式相结合等。中国的剪纸以红色为主，这种喜庆色被称为“中国红”。

“剪着，刻着”“借一把快刀，修一个蓝图”，一个小女子，不论她在故乡还是在异乡，剪刻图案的过程中不仅怀着对美好生活的向往，还怀着对祖国的祝福和思念，心里热爱着自己的民族，这就体现了诗人博大的情怀。

（杨林）

杨林简介：

杨林，男，1963年出生于湖南省洪江市，长沙理工大学毕业。湖南省美术协会会员，鹤城区美协副主席，中方县美协副主席。

谁来渡我

（一）

我说的“我”是“你我”
你信不信

今生，如果没有你相衬
我不可能存在
这辈子，我就是为你而来的

（二）

看了《摆渡人》就一直焦虑
何木子的野魅，小玉的痴迷，毛毛的天真
这些我都没有，我只有闲情逸致

为了某事
可以不吃不喝，甚至不睡
在一遍遍古曲声里
迷醉虚幻或是失忆狂欢
其实，像陀螺一样奔跑也好

（三）

有人在说虱子，像这黑沉的天
我忙碌的事，好像跟自己无关
骚扰与被骚扰，关怀与被关怀
像一束罂粟花

（四）

捡一河滩的石子，都没有用
你我终究是隔着河相望了

原来，爱就是流沙
越想抓越抓不住

（五）

不哭，哭声你听不见
不笑，笑颜你看不到
武打片里的还魂草
也许可以让我活过来

而我，唯一能做的
是寻找那片河堤上你留下的脚印

（六）

可以失踪就好

一两天，甚至一两个月

我在赶着自己的尸体
奔走

（七）

有一部分人是读不懂我的
就像不知道那个截肢到腰际的男人
为何还娶了个漂亮老婆

我也不知道自己
为何能在海市蜃楼与你相爱
在黑夜画大漠孤烟

（八）

这一笔，不深不浅。刚好
完全淹没我

皴擦点染，只要你高兴
就没什么大不了的

（九）

“二十年后又是一条好汉”
走了后，希望你记住我的拥抱

并非我无情，只是
今生不相惜，来生绝不见

（十）

谁来渡我
在彼岸花开的时候，在奈何桥边

我已是你最美的风景
不疼
只需一剑

赏 析

在所有的文字载体中，诗歌可谓是文学之母，诗歌是一种语言的浓缩汁，让人回味无穷。而短诗尤为精练，写好确实不易。周女士的这首诗歌是难得一见的好诗。

从她的文字里面，我看到了一个有知识、有见地、有思想的女性。她的灵魂在此得到了升华，人生得以最大的展现。同时，我也看到了一种精神的光芒、一个坚定的信念。诗里更有一种母性的大爱，熠熠生辉。

(曹志杰)

曹志杰简介：

曹志杰，男，河南洛阳人，字草原，网名思归，笔名小草。华夏思归客诗词学会会长，江山文学网站编辑，《思归客》诗刊主编。

爱的百分比

我要把手表重新调好
戴上
要放下手机
给自己一点时间

在爱的世界，你占了我太多的百分比
心里，全是你
在爱的世界，我迷失了自己
夜不能寐、食不甘味
手机里有你，电视里有你
太阳下有你，风雨中有你
餐厅里有你，书房里有你
醒着和梦里都有你
白天和黑夜全是你
而你，离我十万八千里

放下手机
至少我还可以做另一个自己
用笔书写一纸小楷
用水墨泼一幅图画
用琴声表达一个季节

放下手机
安心地听窗外的鸟语
柔情地观望庭院里的花草树木
快乐地吃一餐美食
悠然自得地走一段路程
或是夕阳西下，或是曙光升起

我要用爱的百分之二十关心家人
用爱的百分之四十潜心工作
用爱的百分之二十关注生存和生活
再用百分之二十来爱自己
而我，却把这百分之二十给了你

我要强迫自己放下手机
不去那么想你
见与不见
已是彼此最好的距离
在你眼里
我是一个完整的百分比
你未曾到来
也未曾离去

赏 析

随着互联网时代的发展，人们的生活越来越趋于网络化，各种讯息都能通过网络的便捷传播而使人们逐渐远离现实、忽略现实。但是因为这样，网络也就成为一把双面刃，一方面带给我们便捷，一方面又降低了我们对现实的触摸与感受。这是一个时代病，不管是在任何地方，我们都会见到低头一族。这种现象与日俱增。作者借网络之虚拟恋情的觉醒，狠狠地批判与揭露这一现象，从而使自己抛弃网络，再次接纳现实。希望此诗能让更多的人觉悟。

(钦丽群)

钦丽群简介：

钦丽群，女，汉族，现居湖南省洪江市。湖南省作协会员，湖南省诗歌学会会员，毛泽东文学院第十五期中青年作家研讨班学员。诗歌散见于《诗刊》《星星》《中国诗歌》《湖南日报》《怀化日报》等报刊。

夜会说谎

我在灯下描着的兰草
已经活过来
秋夜
开出一朵两朵三朵

你施舍的粉彩
染红脸庞
我倔强的情怀
一身翠绿

记不清多少次在黑夜里猝死
多少次在清晨复活
夜一直在说谎
对人不舍，对人不放

赏　析

我认识周姐姐已有两年多了，她的诗美，她的画纯，她的人更是灵秀。

细读姐姐的《夜会说谎》，我不由得闭上了眼睛，幻想着，自己化作姐姐笔下的一株兰草，在凉凉的秋夜，略施粉黛，倔强地等待着真爱降临。

诗的最后一节，“记不清多少次在黑夜里猝死/多少次在清晨复活/夜一直在说谎/对人不舍，对人不放”，点出主题，刻画出了一个人内心的矛盾和慈悲情怀。这里假借夜的声音，来表达自己的思恋。

（春儿）

春儿简介：

春儿，原名赵春萍，河南人，网名幸福依然，一个喜欢文字的70后女子。

廖玲
丁酉年
周廖玲印

为自己写点什么

一直不敢用修饰词
怕，涂上高级化妆品
改变了自己的本色

喜欢那一步步走过的脚印
用心丈量那些坑坑洼洼
岁月，苍老许多
像我脸上的几尾鱼活跃在镜面

每次欣赏，你都看不懂
你不知道我也运用了借喻
不知道我词语外面还有形体
甚至不知道我用刀代笔

尽量用熟悉的语言与你对语
拉近天地的距离
也调和冷暖色
不用特技，更不用装裱

能为自己做些什么
起起落落，都会波澜不惊

不必说，劫难
永远不会等你考虑后果

老是长不大
难道是还没有白发
不想违背初心
仅仅想
为自己写点什么

赏 析

我很少读书，不会写作，是因为看到文字就头痛。几年前，与廖玲成为微友，却一直未曾谋面。廖玲人好，经常向我问候，让我常怀感激。虽是微友，但也从未聊天。翻阅廖玲的相册，才知她是一个集诗、书、画于一身的人，十分仰慕。

今天巧然看其诗作《为自己写点什么》，顿生感悟。我不会写诗，也不会读诗，更谈不上去品评诗，只知道小时候读着李白的《静夜思》、贺知章的《回乡偶书》，是那么朴实无华，而从未忘怀。我读廖玲这首《为自己写点什么》，就好像当初读李白、贺知章的诗，非常亲切、自然、质朴。诗人直抒胸臆，把人生感慨、容颜年华、酸甜苦辣，通过简简单单的形象对比，把人生写得淋漓尽致。本诗意象深远，富含哲理，发人深思。

如果让我去想、去猜、去感悟诗人笔下到底蕴藏着什么哲理，那就是尽其生命为之奋斗的艺术而不懈努力。

（贺一轩）

贺一轩简介：

贺一轩，男，原名贺昌梅，汉族，湖南省怀化市中方县人，喜欢唱歌、写字。现为湖南省书法家协会会员，中华硬笔书法家协会会员，怀化市书法家协会学术与教育委员会副主任、秘书长。

在女儿节回到从前

脱去棉袄，换上汉服
我被给我试装的那位姑娘褪去了鱼尾纹
彼此面对面地站着
我就和她一样年轻

设想，若是在汉朝
我该是怎样一个女孩
会遇见一些什么样的人
经历什么样的事
该是怎么样的人生

一直就谦卑，羞于表达自己
温柔、善良、有才情
当有人把我这样介绍给旁人时
才知道自己在别人眼中
竟然是这般模样

原来我活在古代情结里
旁人看到的是
一个恬静、柔弱的女人
只要放下手机
我就可以完全穿越

走在古巷中
人们看着我手执雨伞
和溅湿的及地长裙
猜想，是不是辛渐来了
以至于频频回首

青春是个炼狱。我的青春不张扬
在出阁前，我已经历过成礼大典
只是把这缕青丝盘结到今天
以为，三生三世的缘
能把你盼见

赏　析

忙碌了一天，看着孩子已在酣睡中，夜深人静时，自己却了无睡意。于是，我想起老友发来的这首《在女儿节回到从前》。

作者是我的高中同学（我们的高中是在黔城读的）。念书时，她文文弱弱的，让人怜爱。她的性格很像古代的女子，也许，她希望自己遇见一个同样像古人性格与思想的人，那古老的爱情传说，便是最好的缘分吧。

她这首诗很有穿越感，让我想起许多往事：古巷中，传来雨水的滴答声；古墙上，被雨水洗涤的娇艳的绿植泛着晶莹的水光；执伞的少女不慌不忙地走在有些松动的青石板上……我仿佛跟着回到久远。

心突然变得很静很静……

（joy. h. h）

joy.h.h简介：

joy.h.h，原名鉴讳，女，侗族，原籍湖南湘西，现定居深圳，自由职业人。

红楼遗梦

黛玉咳完最后一口血都不明白
曹雪芹是否也过七夕
红楼梦，本是他的梦
却演变成无数人的梦

我再也无法遇见宝玉哥哥
最多也只能绘出金陵十二钗
最多只能赋一句词
最多是登上古寺望银河一片

我是翻译版《石头记》里
别人忘了圈完的句号
带着顽石的懵懂，带着灵镜的迷茫
带着曹雪芹的遗梦

用一遍遍记忆回味过去
我用情窦初开和中年明事
在红楼里睡去
又醒来

赏　析

久仰周廖玲老师大名，不仅画画得形神兼备，诗也写得精致巧妙。其他诗作我读得不多，这首《红楼遗梦》，我一看到就有一种拍案叫绝的冲动！

读了这首短诗，我有一种想法：这首诗可否称为写《红楼梦》最好的诗呢？短短十六行，写得飘逸而空灵，诗意浓郁而富有哲理，如果不是熟读《红楼梦》，是断然写不出这么好的诗句的！

我主要是写报告文学和歌词的。词坛泰斗乔羽说："歌词是能唱的诗，而诗却不是歌词。"我倒更愿意把这首诗当作一首歌词来欣赏。"在红楼里睡去\又醒来"，多有哲思的诗，简直是警句！

（张松）

张松简介：

张松，湖南溆浦人。中国报告文学学会会员，湖南省作家协会会员。《人民文学》优秀报告文学奖获得者。

红房子

九月，亮在街角的灯笼
点燃我的相思
这个国庆，我就在古城等你
灯火阑珊处
我为你留间红房子
纪念，那晚你为我脱去嫁衣
以及初夜画红的床单

九月，亮在城墙的灯笼
点燃我的梦想
这个国庆，我想去北京看你
天安门城楼的红柱子
是五十六个民族的信仰
国旗下，红房子
住着中华民族的愿望

九月，秋凉
我的心一直艳阳高照
古城的灯笼和城楼的红柱子
激励着我的梦想
梦中有红房子，有你

风雨同舟
我已是你一辈子的新娘

赏　析

爱是一次刻骨的记起，是一次铭心的疼痛！红房子，顾名思义为红色的房子。红房子也是世界著名密室逃脱类游戏，据说世界上只有2900人能够在10分钟内走出这个迷宫。其实，要找到走出红房子的方法和步骤，最重要的还得看你在这个搜索过程中包含了多少智商、情商的投入。周廖玲的诗《红房子》，就是用了最简捷的语言钥匙，轻快地开启了那扇看似很难逃遁的诗之魔方。在这里，女诗人的“红房子”只是一个意象借代，而她却能娴熟地将个人情愫升格到民族情怀，这就使得一首平常的诗的诗质得到了彰显，变得不平凡且独具诗歌气质。《红房子》一诗，从“灯火阑珊处”的儿女相思，到“天安门城楼的红柱子/是五十六个民族的信仰”，柔弱心结已羽化为美好愿望。“九月，秋凉/我的心一直艳阳高照……梦中有红房子，有你/风雨同舟/我已是你一辈子的新娘”。这里的“秋凉”，可理解为自然现实中的秋天，亦可象征人生的秋天。在这个稻谷飘香的成熟季节，诗人周廖玲收获到的是一场大爱的丰收晾晒!这让我想到了海子的诗句“我有一所房子/面朝大海/春暖花开”。诗人不同的情境，相同的心境，唯大爱无疆，真爱永恒!

（杨卫民）

杨卫民简介：

杨卫民，男，1966年3月12日出生，湖南省怀化市人，汉族，大专文凭，在怀化某事业单位工作。有书法、美术、文学、音乐、工艺美术等多篇评论文章发表于《艺术生活》《大湘西画刊》《东篱画刊》《怀化文学》《新七天》《怀化学院报》等。曾在《诗刊》《星星》等发表过诗歌作品。书法作品被怀化学院易图境美术馆、怀化博物馆等收藏。

房 贷

母亲用血肉给我筑一个家
十月的滋养
我要用几十年来报答
直到我也十月怀胎，才知道
她的躯体
是我此生居住过最奢华的家

如今我已经长大
不管走到哪里，她的心就跟到哪
苍老的她守着空巢等我回家
我无法形容母亲的伟大
不管我如何努力，都交付不清这份房贷
我宁愿一辈子都还不清
这样，她就依然在我眼前
我的奔波劳累才值得她牵挂

让我传承她的精神吧
让爱一代接一代。让这份房贷
无比昂贵又永远无价

赏 析

每个人从内心出发都不想欠债，而作者欠母亲的债宁愿一辈子还不清，其目的是想让母亲永远有牵挂不舍，母亲才能天天守着儿女。作者不写母亲的辛劳，不写母亲被岁月侵蚀的面容和身形，而以母亲子官为家反复吟唱。本诗虽直抒胸臆，但读来真实可信，让人感动不已。

（肖评）

肖评简介：

肖评，又名一竿风月、牵牛子，湖南省洪江市安江县人。《雪峰诗刊》创办人之一。

藏羚羊的春天

欢蹦着的，是一群精灵
披着黄金软甲奔跑在可可西里大赛场
它们离我很远，又很近
远得使我再也看不到索南达杰站起来
从此，荒无人烟的可可西里
成为英雄墓地

那些残酷的枪声
让藏羚羊的声声呼喊
永远回荡在那个隆冬夜晚
唤不醒一个英灵

它们离我很近
近得让我听到了悲痛
为了生存，万里荒漠只能奔波
直到扎多来了，野牦牛来了
可可西里就有了生机

万里黄沙才多了更多绿洲
藏羚羊就有了一份宁静

这里没有冬夏和日出、日落
有的，只是一种生活
活着！好好地活着！有尊严地活着

西部是藏羚羊的天堂
高山草原是牧民的故乡
当青藏高原升起不落的太阳
狩猎者将被逐出牧场
愿藏羚羊的春天有明媚阳光

赏　析

本人曾于2016年8月与朋友一起自驾游西藏，经过可可西里自然保护区，在国道109线公路两侧经常可以看见觅食的藏羚羊，用手机都可以拍摄到藏羚羊觅食时的悠闲身影，这在盗猎猖獗的20世纪80年代是不可能有的景象。本人将拍摄的几张照片发给了作者，作者有感而发即兴创作了这首诗歌。如果不了解藏羚羊、索南达杰、扎多，就不能很好地读懂这首诗。

藏羚羊是中国重要珍稀物种之一，属于国家一级保护动物，被列入《濒危野生动植物种国际贸易公约》。藏羚羊栖息于海拔3700～5500米的高山草原、草甸和高寒荒漠地带，主要栖息地是可可西里自然保护区，早晚觅食，善奔跑。藏羚羊的春天离不开索南达杰，也可以说，可可西里自然环境的改变是从索南达杰开始的。索南达杰以他的行为和牺牲，唤醒了人们对藏羚羊和自然环境的关注和保护，正因为有扎多等人的追寻，才有了如今藏羚羊的春天。破坏自然的是人类，保护自然的也是人类。人和动物的和谐相处，才是藏羚羊的春天，也是地球的春天。

作者是一个娇小温情的女人，对生活充满激情；表面文静，内心实则热情似火，是一个多才多艺、满怀爱心、充满浪漫情怀的奇女子。作者紧扣“春天”，通过藏羚羊命运的改变，采用对比的手法，表明了自己对自然环境的态度。

什么是生活？这是一个很深邃的哲学命题，其实也是一个很简单的生活命题，能“活着”，是我们存在的唯一形态！这首诗，简单明了，作者真是大彻大悟，慧眼看世界啊！

（陈钢）

陈钢简介：

陈钢，男，苗族，大学本科，湖南省沅陵县人。一级检察官。

爸爸的心愿

爸爸的心愿很平凡
他和妈妈为我们筑起一个避风港
给吃、给穿，供成长
全家人过得平安就是他的心愿

爸爸的心愿很心酸
担忧周家姓氏无人传，从此把我当成男孩管
言传身教，立宏愿
女儿的成败便成了他纠结的心愿

爸爸的心愿很简单
一包烟一杯酒的日子，他和妈妈在恩怨中老了
一声呼唤一句叮咛的岁月
女儿们成家立业是他由衷的心愿

爸爸的心愿很灿烂
他眯着双眼对我说“妹仔，爸爸好想去外面转转”
我许诺“爸，明年暑假带你去看北京”
原来我平凡的爸爸也牵挂着祖国河山

赏　析

周廖玲在2017年12月28日把她的现代诗《爸爸的心愿》发给我看时，同时要我给她写评语，我心里既激动又忐忑不安，因为这首诗让我看到一份朴实的父爱。

《爸爸的心愿》这首诗，用朴实无华的语言、直白简洁的方式抒写了一个质朴的农家男人无怨无悔、默默奉献的一生。全诗情感真挚，直抒胸臆，通俗易懂。诗中用简洁的语言真实地勾勒出一个老父亲平凡一生的生活情境，又融合了诗人真实的人生经历和感受。

（周美蓉）

周美蓉简介：

周美蓉，女，本科，1968年2月生于湖南省洪江市，从教30多年。

寄语“早安”

记不起，是何时
“早安”敲醒清晨的梦
我是否在你睡梦中
心里，才开始有无限牵挂

从此，有了清晨的声声问候
直到有一天，我自然醒来
你的“早安”却不在
是你睡过了钟点？还是忘了发

依赖于被一个人宠着
或是惦记，或是关怀，或是问候
或者什么都不是
只证明自己还活在这个尘世间

亲情如此，爱情如此
友情更是如此
“早安”代表的不仅是问候
还有彼此间的信任

不能给你永恒

也不能给你每时每刻
寄语“早安”
至少，我可以给你这个瞬间

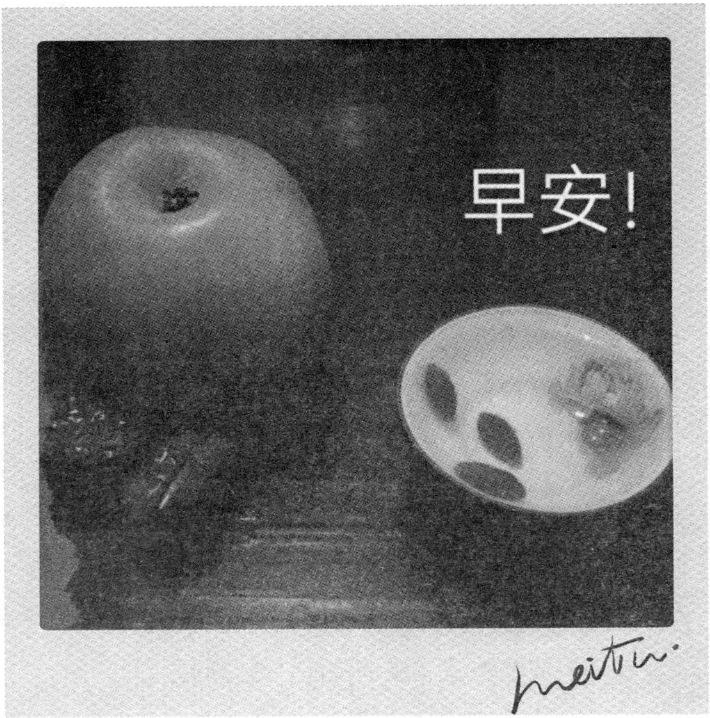

赏 析

喜欢读周廖玲的诗，每一个字都透着宁静，宁静如初露的晨曦，美好而又安详；喜欢她的诗，每一句都让人感受到真挚，如同冬日的太阳，心里心外都是满满的温暖；喜欢她的诗，诗如其人，人如其诗，重情、热情、真情。别人的好，哪怕是一点点，哪怕只有瞬间，在她心里，都是永恒！

（唐政平）

唐政平简介：

唐政平，男，汉族，湖南洪江市人。1962出生，17岁参加工作，长期在广电系统工作，历任原黔城电视台台长、洪江市广电局副局长、托口镇镇长。现任湖南有线永兴网络公司总经理。

稻子熟了

经过暴雨，经过酷暑
经过拔苗、抽穗、开花、结果
经过梦想和期待
终于熟了一个季节

成长总带着青涩
还带着疼痛，更带着绽放
学会低头也是智慧
一个生命从此走向沉淀

露珠滋润每一片叶儿
时光把每一颗谷粒喂养饱满
像母亲把给女儿的米饭
反铺回稻田

赏析

在这个初冬的季节里，让我们难以忘却秋天的美景，特别是在那个丰收的季节里，犹如周廖玲姐姐的《稻子熟了》一般，刻画着诗情画意，同时也写着当时的心境。

秋收观景别样爽，一路走来，无意间，发现了生活的美，仿佛来到了世外桃源般的田园风光中。诗歌的字里行间，描画着一幅美景。从开头的成长经过到终于熟了，让人回味无穷，无论是当时的心境，还是此情此景，都表达着内心的感情世界。《稻子熟了》描写了田园的风光，诠释了“诗中有画，画中有诗”。

让我似乎明白了这诗的用意，从成长经过到终于成熟，人生总会带着疼痛，在成长中逐渐绽放，直到最后，一切回归大自然。这片稻子熟了，养育了多少人。那片美景经过了多少过客。一切的一切，最终回归到自然中。这情，这景，这诗，充满着诗画般的节奏，让我难忘。

(周年青)

周年青简介：

周年青，男，江西吉水人。中国诗词协会会员，中华作家协会会员，《浮萍文学》成员，《年轻有梦》微刊主编。

吻

闭上眼，美好就在面前
轻轻地闻着
来自另一个躯体的体香
浓情蜜意
顿时随着空气弥漫开去

广场的上空
晚霞一片
楼层醉了，桥梁醉了，美人蕉也醉了
舞曲，在绿荫中扩散
萦绕耳际
恰似我的温柔
低声细语

别碰响一脸的娇羞，别躲闪满眼的柔情
别怠慢纯洁的真诚
一秒，就一秒
那甜甜的笑像一个响铃
从我嘴角滑过

赏　析

和孩子在一起的时光，是最开心的时光！

我生孩子以后，就一直和孩子腻在一起。也许心中有烦恼，有担忧，有诸多的负面情绪。有被孩子气疯和失去耐心的时候，但当孩子说一句“亲亲”的时候，伴随着小嘴巴在脸上“啵”的一声，心情瞬间好了起来！或许很多的甜言蜜语也比不上孩子这轻轻的一吻！

女人最简单的幸福，就是有更多的时间陪爱人在一起，有更多的时间陪孩子在一起！陪伴是一辈子的幸福！陪伴是给孩子最好的教育！

这首诗写的就是孩子跟姨奶奶在广场上玩耍，她乖巧的那一吻，多么温馨且美好！

（邱水沐）

邱水沐简介：

邱水沐，在静养中的女人，喜爱音乐、美食。

坐 禅

做不到
对喜怒哀乐的淡定
做不到
对爱恨情仇的漠视
子夜，错过睡眠
正午，错过休憩
我是一只不眠的蝉

停止喃喃自语
褪去华丽外衣
褪去一身傲骨
甚至褪去残留的伤痕和记忆
或许
我会重生

打坐是为了静心
念佛是为了消灾
不为别人，不为自己
为三道轮回
孽缘
消失在空空宇宙

善果
生长于万丈尘土

赏 析

读周廖玲老师的《坐禅》勾起我潜在慧心的极大共鸣。我是笃信因果的，只是作为一名无神论者，我游走在唯心和唯物两大主义的共享区内，并在入世和出世之间穿梭耕耘。我一直认为但凡能坐禅之人内心是淡定的，仅仅要的是与这个世界的和解，在默然自我赞许抑或悔过中完成度己修行，能安然入眠而已，完成悲欣交集的一天乃至累积成不悔一生。

《坐禅》中“不为别人，不为自己/为三道轮回/孽缘/消失在空空宇宙/善果/生长于万丈尘土”正契合我的处世理念：问心无愧地先度己再度人。不因自己的渺小卑微、沧海一粟就放弃努力修行，吮吸着天地之精气，遨游于浩瀚之书海，练就金刚般若，奋力苦行，抵达彼岸。这是我与周廖玲老师《坐禅》中关于人生之妙异曲同工之所在啊！

于是，在这个凛冽的冬夜，《坐禅》——此诗温暖了我心！

（张雪莲）

张雪莲简介：

张雪莲，女，苗族，湖南省沅陵县人，大学本科，工程师。

别问我为何深爱着你

游云天际间，缥缈星云里
你是我前生遗留的梦
在夙愿最高处，璀璨无比
一点一横辟天地
五千年的追求，泼洒一片东方神韵
心心相惜、代代相传
展现九州风采

挥笔毫厘处，泼墨点滴间
你是我今生的爱恋
平凡生活里，形影相随
一撇一捺书写不悔人生
柔静中铿锵有力，狂舞时如风即逝
我愿伴你海角天涯

挥泪离别间，缠绵源远长
你是我来世的追忆
在万象归零时，洗淡沧桑
一折一顿阴阳翰墨藏
锦绣华章归天意
别问我为何深爱着你
书画灵魂，自有人传扬

赏　析

这首诗的核心意象是“书法”。什么是书法？诗人如此描绘——“一点一横辟天地，一撇一捺写人生，一折一顿翰墨藏”，将书法这一“无言的诗，无形的舞”形象而大气地呈现在读者眼前。而诗人对书法的情感也由“前生的梦”渐进到“今生的爱恋”，再升华至“来世的追忆”，缠绵之情犹如恋人。最后以“别问我为何深爱着你/书画灵魂，自有人传扬”结束整首诗，收尾有力，巧妙点题，强调书法毋庸置疑的魅力，更表达了诗人坚定不移的爱恋。

整首诗构思巧妙，意象单纯，行文讲究句式美，三个小节既独立成段，又遥相照应。语言简隽，而意蕴丰盈！

（夏碧玲）

夏碧玲简介：

夏碧玲，女，大学专科，小学高级语文教师，任教于湖南省湘潭市湘纺小学。业余书法爱好者。热爱教育，担任班主任工作多年，多次被评为“优秀班主任”。曾获得岳塘区芙蓉百岗明星、湘潭市优秀少先队辅导员、优秀指导老师等光荣称号。

让爱流落小镇

铺一长卷，画一岸垂柳
我就拽着岁月的长发摇曳
一曲笙箫
越过千年的舟，载不动离愁

楼栏也好，断桥也罢
黑糖熬不出一代佳人
油伞避不了一世幽梦
有份记忆，沉沦在深巷

把河水望穿
那声声汽笛抛开的锚
让爱流落小镇
镇内有你，镇外有我

赏析

一首好的诗歌，就如一幅很有功力的画。

垂柳、长发、轻舟，在一曲笙箫声中，越过了千年的时空，却载不动诗人的一盏离愁。楼栏、断桥、油伞，化成佳人的一世幽梦，沉沦在记忆的深巷，在一声声汽笛声中，诗人让彼此的爱流落在烟雨的小镇。只是隔着一条清幽幽的小河，一个走出了那座多梦的码头，而另一个却还迷失在那条千转百回的幽巷。

这首诗文字清秀，心思飘然，情感延绵。诗歌中选取的时光度很宽广，其画面和意境，均匀勒完美。诗人的一段情感，是心里的灵犀，无人懂就让它情封千年，有人懂就走过山长水阔，相逢于灯火阑珊的城门口。

诗境唯美，情感丰盈，是一首用温柔和善良照得发亮的好诗。

（易思纲）

易思纲简介：

易思纲，男，1967年7月出生，湖南省洪江市洗马乡人。笔名谷雨坡，江山文学网签约作者，中国散文网特约评论员。现为湘西一集团公司财务总监。著有长篇小说《太平桥》《网》、散文《一枚秋叶，几许禅意》《井坪，一个怎么也走不回去的地方》等。

我的诗意被爱占满

亲爱的，我已经不会写诗了
你在我心里幽住的日子
每天都是一首诗
清晨，淡淡的阳光洒进书房
你就在扉页里浅浅微笑
晌午，暖暖的气温包围客厅
你就在餐桌旁默默欣赏
夜幕，凉凉的秋风吹拂阳台
你就在门边静静地观望

亲爱的，我已经不想写诗了
你在我脑海里放歌的日子
每天都是一首诗
早晨，卧室里弥漫的古琴
是你的思念吧
中午，突然接到的电话
是你的关心吧
黑夜，发在信息里的文章
是你的惦记吧

亲爱的，想你的时候送你一首诗吧

名字就叫“我的诗意被爱占满”
那些山盟海誓的约定
那些海枯石烂的承诺
在一杯茶、一碗粥、一盘菜面前
都失去诱惑
我只想好好爱你、陪你每一天
听院内鸟儿鸣叫
看窗外花开花落

赏　析

大学同学周廖玲，自毕业后再没有联系过，直到二十年同学聚会再见面，她身上散发出来的光彩是“诗人”。活跃在文学圈子里的芊芊美妇人，跟五大三粗虎背熊腰的我站在一起，她更是显得小鸟依人。我读过她的一些文学作品，感情真挚细腻，很有女人味。粗胳膊粗腿的我写不出这么细腻的情感来，但周女士可以。你读她的诗，放一曲轻音乐，似叮咚的泉水，又似一阵微风拂过面颊，心儿瞬间被撩拨，好似一杯香醇的美酒，看着便醉了。我认为诗人这个名头是很难得的，比画画难多了。因为诗意太感性了，太难以表现，而在生活中诗意总是不经意间就在周女士的笔下涌现了。

我将这首诗定性为爱情诗。原先周女士想要我写评论的不是这一首，是写我们同学聚会的，我只扫了一眼，想不出该写什么，我就告诉她说我喜欢读情诗，然后给她一个故作害羞的表情，其实我脑袋里是空的，写什么呢？不能丢这个面子。周女士立马就换了这首诗。读第一遍，我心里嘀咕着，恨恨地说，“这个小女人”……读第二遍，再次恨恨地说，“这个小女人”……读第三遍，唉，“这个小女人呀！”……让我说什么好呢！怕是心底悄悄地在恋着某个人吧，抑或是某个人一天到晚关心着这个小女人，唤起了她心底爱情的影子。我在想，“情”这一字，最是玄妙不过。在爱情里，总是不分你我，爱你的人，生怕给你的不够，每日每夜、无时无刻地想着你，念着你。睁开眼是你的影子，闭上眼睛还是你的模样。不必海誓山盟，不必朝夕相伴，一个眼神便知道已是情到深处，整个世界都是你。

美好的爱情大抵就是这样子，像周女士诗里写的那样，假如爱情是一首诗，那么你肯定就是诗中最美的那个字……

（郑湘萍）

郑湘萍简介：

郑湘萍，女，湖南省辰溪县红敏人，毕业于怀化学院美术系。湖南省工笔画学会会员，怀化市花鸟画家协会理事，辰溪县美术家协会理事，辰溪县作家协会会员。爱好文学、绘画。

蝉的七夕

练了一天
都没有一支动听的曲子
你故意，乱弹琴
把白天拉长

早晨吹响萨克斯
中午弹起钢琴
晚上又拉二胡
我的一天就这样被你忽悠

也许你真的不是故意
只是想发泄心情
用一支曲
想让我感动

一遍又一遍地演奏
你的浮躁
把我情绪撩开
又莫名关闭

我却不敢有一丝表情

怕天空飘落太阳雨
连云彩都躲避
怕夜里看不到鹊桥

我蜷缩在你的音乐中
用所有的时光品一盅思念
多希望曾经的故事
淡如茶，清如水

赏　析

蝉之千遍呼唤，不过就是“知了”。可我的心事你究竟是否知晓。作者用七夕之蝉拟两情相悦却又未通款曲之恋人，可谓用情深切，用意精妙。七夕这一特殊的时间节点是抒情的爆发点，用牛郎织女的经典爱情传说来暗示相思人两地相恋的苦衷，“怕夜里看不到鹊桥”，故而清早开始不厌其烦地呼唤鸣唱，让心爱之人不要错过佳期。正如蝉的一生，在地下历经三年甚至十几年，蜕变生翼。雄者鸣而求偶，雌者虽不能和却闻声而至,短暂的相聚相爱后便只有数周的寿命了。这样的爱情更是可赞可叹，可歌可泣。所以，纵然你“练了一天/都没有一支动听的曲子”。但我知道，你只为了把白天拉长，我其实也真的愿意“被你忽悠”。我愿意放弃我的矜持，因为七夕的鹊桥错过了，便再不可期。所以不是“两情若是久长时，又岂在朝朝暮暮”，而是愿这一刻成永恒，愿“用所有的时光品一盅思念”。

（瞿永俐）

瞿永俐简介：

瞿永俐，笔名梧栖，号快乐女，电力技师。广东梅州作协、群联成员。多篇作品发表于粤电刊物与大埔文艺。毕生好茶喜文。

速度与激情

心跳与时间赛跑
脚步与风速赛跑
对于世界，这是一场赛事
对于选手，这是一场较量
对于观众，这是一场游戏

无法预测他的速度
因为你我无法估计他的激情
不知道遇到的是怎样的对手
只知道心里活着一个强大的自己

与自然山水赛跑
与阳光雨露赛跑
与宇宙风尘赛跑
有多大的激情就要多快的速度
有多强的勇气就要多大的胜算

赏　析

我与周老师初次谋面是在朋友的家宴上，当时对周老师的印象是：端庄淡雅、娇小玲珑，还有点弱不禁风。偶然在一次书法美术摄影展上，我有幸欣赏到周老师的一幅山水画。这幅湘西风情浓郁的山水画，真是丹青妙笔，气韵浑然天成，妙趣匠心独具，画风朴实。这幅山水画浓缩着作者眷恋家乡、热爱生活的情感。经圈内打听，我又一次刷新备忘录：周廖玲，笔名周女人，号惠兰阁主，喜文学创作，擅书画艺术。限于篇幅，此处省略一千字。

再次相遇周老师，是洪江市登山协会组织的一次户外塑溪活动，历时四个多小时的健走、登山、塑溪、攀岩、瀑降，彻底颠覆印象中的“周女人”，我没想到感觉玉软花柔的周老师是那么坚定果敢，看她身手矫捷灵巧的攀岩，飒爽英姿惊险的瀑降，精彩演绎了“速度与激情”这一主题。

作者内心之强大，气场之宽广，文采之飞扬，用智慧点燃激情、激活体能、超越自我，用修为梳理思绪、意到笔随、气势磅礴，诠释了“速度与激情”的精髓：与自然山水赛跑/与阳光雨露赛跑/与宇宙风尘赛跑/有多大的激情就要多快的速度。

（向少青）

向少青简介：

向少青，男，网名油山，湖南省洪江市人。喜爱运动。

爱上黔城

爱上你，那是多年以前的事
泥沙滩渡口，木船，抛锚
我就这样上了你的岸

最初的印象，地域很宽
我的心很窄
而你却如此伟岸

进了城，算是进了你的生活
我像童养媳一样
在这新地方吃穿用度

登上楼顶，整个江面就激情澎湃
沿途是翻沙金的坑
我们的爱，如沙滩般曲曲折折

巷道里，是“嗒、嗒”的脚步声
那一走。你不懂情，我不谙事
却一路阳光灿烂

三年时间，不长不短

而我却正妙龄
懵懂情开，刻骨铭心

校园的灯光和老巷的日落
温馨了卷轴
也渲染了各奔前程的你我

小江渡口再也想不起飞石剔水
铁路桥下再也看不到杨柳飞花
杨公庙里的灯烛燃烧了诺言

今天我站在护城河问
黔城，你还好吗
沅水回答：曾经过往，放下！放下

赏　析

周廖玲笔下的黔城是省级历史文化名城，湘楚苗地边陲重镇，素有“滇黔门户”和“湘西第一古镇”之称，自汉立城距今已有两千多年的历史。

作者曾就读的洪江市黔阳三中，坐落在黔城镇黔阳古城。古城建筑飞檐卷垛，雕梁画栋，朱栏白墙，古色古香，文化底蕴深厚，人文环境和谐。周廖玲在黔城学习生活期间，饮沅舞水，游芙蓉楼，踏青石板，流连古道巷陌间，在浓郁的文化氛围里，从一个未谙世事、懵懂的女孩出落成知事、明礼的大姑娘。

作者对黔城情真意切，发自内心最深处，那份放不下、割舍不掉的情“才下眉头，却上心头”，艾青说：“为什么我的眼里常含泪水，因为我对这土地爱得深沉……”这也是周廖玲对黔城的感情最真实的写照！

（陈建平）

陈建平简介：

陈建平，男，1974年12月生，汉族，公务员，爱好骑行户外活动。

青石巷

雨滴，石巷，持油伞的人
和一群屋角下的画者
一直在我记忆里

杨周怀老师楼阁里的兰草
向我召唤“快来！快来”
踏着青石，顺着兰草引路
我窥见了他厅堂里立着的几位公子
飘逸而洒脱
原来草书是他怀养多年的儿
难怪，几次路过这个青石巷口
我就不想走

画者也不想走，怕这一走
院墙就换新颜
怕青石巷
最后遗落在他们的画板

赏　析

像是穿行在迷离交错的石巷，顺着那轻轻的语调儿走进，就能拨动内心最易感的那根心弦。周姐姐就像是落入人间的仙客，飘着温润细腻的情愫待在梦里，带着属于她的笔，站在古巷的路口，看着油纸伞沾染干净的雨水，望着远方恍惚里的青烟。她就痴痴地站在那里，仿佛寻回前世属于她的那根兰草，回归到曾经古老的时光。

（莫洁）

莫洁简介：

莫洁，1998年生于湖南省怀化市麻阳小县，爱做天马行空的美梦。麻阳县作协会员、怀化市作协会员。已出版散文集《携梦出逃》。

南正街记忆

只想再走一回，在南正街
我的青春是否还在

春卷带着乡音
豆浆粑粑黏着深情
糖葫芦和棉花糖散发着童话诱惑
唯有茶叶蛋
煮得岁月醇久弥香

窨子屋里阳光闪烁
楼台上的裙装有一帘幽梦
门楣斑驳
失忆的青衣在漫语高歌
街角的行人，一波换一波

某年、某月、某日的午后
我像灰姑娘
穿着灯厂尼布鞋见你

天是蓝的、屋顶是白的
视线所到之处充满无限绿意

夏雨和冬雪在四合院飞舞
春花和秋月在院墙欢歌
一窝燕子，去了又回

老巷，不显老
速写簿早已泛黄
南正街的赋彩成了你梦里的霓裳
是否要穿针引线，把记忆
挂在街角的灯笼上
把时光点亮

赏　析

2018年春的脚步悄悄地来了，在这初春的和煦阳光里，读着诗人、作家周廖玲女士的诗作，犹如静听美妙而悠长的《春江花月夜》曲子，触动着我绵长的思绪。

我从2004年踏入黔城这块神奇的土地至今已有14个年头，诗人的《南正街记忆》轻轻一句“只想再走一回，在南正街”再一次把我拉到了当年初来黔城时的回忆之中：游氏春卷、豆浆粑粑、糖葫芦、棉花糖、茶叶蛋、窨子屋、灯笼……

以景写诗是比较难的，而要将黔阳古城的特色都囊括其中更是难上加难，诗人廖玲女士则巧妙地用她独有的优美笔调向我们娓娓道来，诗作最后以“把记忆/挂在街角的灯笼上/把时光点亮”结尾，让人回味无穷！

（杨夕建）

杨夕建简介：

杨夕建，男，1975年9月出生，湖南省洪江市人，字冰鸿，号天涯孤旅。怀化市花鸟协会会员，洪江市书协、美协会员，黔阳三中美术教师。1998年起始学书法，2012年学习山水国画，偶习花鸟。书法拜张锡文先生为师，山水拜何赞民先生为师。近年来在洪江市艺术节、“三月三女儿节”书画摄影展中多次获奖。

剪影

邱老师说
剪一个夲土的我
再剪一个远方的你
还要赶一个巧合
让我们在黔城相遇

不管白天，还是黑夜
我们一起去逛龙标十二景
这里有贾先生对黔城的赞美
看黔城的《清明上河图》
感受《八十七神仙》韵味

偌大的空间藏不住爱
笔笔描岁月，刀刀刻情怀
今天，剪一个《梅兰竹菊》送给我
刻一句《福禄康寿》赠给她
没有任何礼物比这更奢华

如果你累了
停下来，诉诉衷肠
再走出去，追求梦想

从此，你剪古城的精彩
我为古城留影未来

赏　析

这是诗人周廖玲参观湖南省洪江市黔城“剪纸馆”所写的诗歌作品。借他人之口，把一个巧遇铺陈在读者眼前。这个巧遇，也是巧合：远与近、你与我、动与静、明与暗、白天和黑夜、倾诉与内敛，通过一双巧手，一一在薄薄的剪纸上相逢。该诗既写人，又写景；既叙事，又直抒胸臆，情景交融。同时，诗人勾勒出的黔阳古城之美，令人向往。我相信，诗人只要用心，假以时日，定会在诗歌创作的道路上越走越远。

（雄黄）

雄黄简介：

雄黄，侗族，硕士，籍贯湖南新晃，资深策划，夜郎文化（新晃）旅游开发首席策划人。曾在《民族文学》《星星》《诗刊》《中华日报》（泰国）等中外报刊发表诗作千余首，作品获过奖并入选多种选本，出版诗选《岑庄》。系湖南省诗歌学会常务理事、怀化市诗歌学会会长、中国诗歌学会会员、湖南省作家协会会员。

黑　陶

她原本不属于这个世界
她是古城的影子
那抔土
成为地理标签

古铜色展示着铁的脾性
从沅城故里，乔迁
是谁用轿子把她抬进
写满故事的古城

多么质朴的姑娘
泥是她的躯干，水是她的灵魂
你有多大的思维
她就有多大的变身

纤弱的身子在烈火中重生
是她的灵魂发出了铿锵之声
能站成这道风景
有她刚柔兼并的情怀

你不要跟她谈历史

谈一谈沅水，谈一谈十里坡
谈一谈轻轻拿起
又轻轻放下的往事

山路走多了，疲惫
来古城歇歇脚
在茶楼与画坊之间
她找到了家

赏　析

黑陶或者侗黑陶，是穿越千年时空并流行于沅水中上游侗、苗、汉多民族混居地区的民窑陶器。作者用诗的语言赋予它灵动、妖娆、感性的生命特质，正如靓丽的村姑需要城市生活的体验与见识一样，作为生活器物或艺术品的侗黑陶，流入城市，汇入市井，让游人一睹芳容，甚至传播到远方，当然是可以的，也是必须与必然的。

诗人用富于想象的拟人化语言，为需要作为非物质文化遗产传承的工艺品及其制作技艺，增添了亮色与看点以及想象空间。

（粟桐）

粟桐简介：

粟桐，男，真名粟昌德，文学爱好者，自由撰稿人。

我是芙蓉楼的一尾鱼

走过春秋，走过冬夏
晨曦雨露孕育光华
芙蓉楼里的芙蓉花美如仙
鲤鱼池的鲤鱼精会说话

走一走
看拓碑廊坊旁雨打芭蕉
歇一歇
听亭台竹影里古琴呜咽

让一卷书陪我谈心
让一池墨陪你书画
多希望
阳光明媚永远不要把夜幕落下

芙蓉花下，我是一尾鱼
别怕，别怕
芙蓉楼里的根雕不会很怪异
我不是鬼，你亦非仙

在临江岸边，登望江楼

用江水煮酒，用芙蓉花烹茶
昌龄兄吟诗道别
辛渐乘一叶扁舟而下

不送行，千百年只守一个灵魂
他已成石雕
我将是鲤鱼池的一尾鱼化石
只等辛渐转世续缘佳话

赏 析

廖玲的诗大气、流畅，主题和措辞都别有情趣，我读后有以下感受：一、取题用巧，以鱼传情，非常有创意；二、“走一走、歇一歇”、“看一看、听一听”，把景物及动静高度概括了；三、“千百年、灵魂、石雕、化石”，一组时光永恒的词，镌刻了历史和岁月；四、最后一句“只等辛渐转世续缘佳话”留有悬念，充满了想象的空间。作者以轻松灵变的语调描写游历黔城芙蓉楼的感悟，前几节移步换景，动静相宜，写得非常清新。景情交融中，书画入心来。最后一节中“千百年只守一个灵魂”成为全诗的高度。

（粟多辉）

栗多辉简介：

栗多辉，湖南省怀化市会同人。本科毕业于中央民族大学美术学院，硕士毕业于湖南师范大学美术学院。先天好文艺史哲，后选绘画，潜画风景十多年，阅画册无算、看展览大量、写随笔万言，行万里路、画千幅画，以世界的风景作为精神的故乡。作品曾在北京、上海、西安、长沙、广州等地展出，广被国内机构和个人收藏。现静心创作。已画作品主题有“那山那水系列”“古城古村系列”“写实风景系列”“水墨系列”“乡愁系列”“园林系列”“哲理禅宗系列”“丝路行系列”等。

摄钓老癫子的蝴蝶

摄钓老癫子被我的《化茧成蝶》吸引
我被摄钓老癫子的蝴蝶吸引
我们相识在网上
网上有一只只蝴蝶飞舞

他用摄像机钓鱼
两只脚的三角架很奇特
或站、或立、或躺
屏住呼吸只为了锁定一个目标

好摄者最善于捕捉自然界瞬间的美丽
比如那雪峰山上空游走的云彩
溪水边花丛中展翅的碧凤蝶
都逃不过他猎鹰般的眼睛

我端详了很久
他的蝴蝶是亚热带品种
为何飞进了雪峰山
哦，我忘了雪峰山的夏天没有雪

每次看见他和驴友迎来雪峰山的曙光

我就知道，蝴蝶会轻盈地降落在他眼前
它偷窥一个男人
用什么情怀表达自己的夏天

赏析

读周廖玲老师的现代诗《摄钓老癞子的蝴蝶》有感：作者想象力丰富，笔法老到，语言干净。老癞子拍摄的一只只蝴蝶活灵活现地穿插在诗中，充满诗意。这些蝴蝶美丽而独特，它们可以飞越满是大雪的雪峰山。此诗意象生动，画面感、层次感很分明，用意也较到位。结尾含蓄，很有余味，给人以不尽的想象空间。

（黄柯）

黄柯简介：

黄柯，2008年毕业于南京艺术学院油画系，2009年长沙御殿画业专聘画师。

2010—2012年在北京刘梅子油画工作室研修，2013—2015年在湖湘艺术培训学校任教，2016年在新起点培训学校任书法老师。作品被臻艺画廊收藏。湘潭市书协会员，湘潭市美协会员，臻艺画廊特聘画师，蓝田艺术沙龙艺术总监。

相思湖的声音

山与水相依
房与路相依
水草与倒影相依
我与你相依
一切都是如此和谐
相思湖畔话相识
相见
只源于相思之声

未见如见
相见如故
见与不见
相思如故

所有的声音都静下来
只留下你的心跳
和我的心跳
还有水里几只秋虫鸣叫
和我们或靠背
或搀扶的身影

相思湖畔
风景如故人如故
望来年的初灯如故
心声如故

赏 析

她一个人，站立在相思湖畔仰望着天空，独自聆听风的声音。不知她容颜是否憔悴？不知她是否仍然柔情似水？不知她为什么忽然想起相思湖畔的声音来？

她一个人，就这样孤独得连影子都长满了绿苔。你知道吗？她心中的情愫与愁闷，只有相思湖畔的声音能够读懂。

她手里握着冬天，她怀里揣着春天，她在湖畔聆听春生冬死的声音，仿佛所有的声音都是从相思湖畔开始，仿佛他一直还在，不曾离开，相信等待她的人，正披星戴月地赶着归来。

因为等待，才有相思，因为等待，才有他的声音传来！

（黄曙光）

黄曙光简介：

黄曙光，笔名舞。一位温婉多情而又颇具侠客风味儿的奇女子，现居黔城。好沏茶、听音乐、喜看书、爱摄影，擅长写抒情散文。

等　候

可能是迟到，也可能是晚点
到站时正好没车
确切地说是没有我马上出发的车
因此，我成为候车人之一

等候一趟没有预谋的旅程
或是去城镇
或是去乡村
在那里，有楼阁商铺，有车辆人群
还有一个寻梦人

你未曾先来，我不曾错过
时光之轴
在刚刚好的位置
使彼此相遇

我等候的时间，不紧不慢
恍如人生
弯弯绕绕、跌跌撞撞
都是等

赏　析

等候的滋味，每个人都经历过。这要因人而异，它受诸多因素的影响，从而产生很多情绪的表现。

作者是因一次外出旅游与人相约而等车的，就在这一过程中，作者似乎感悟到人生与时间的关系，如“不紧不慢”，对人也“在刚刚好的位置”上，这是一种处世观。至于“弯弯绕绕、跌跌撞撞”，正是作者自身经历的描写。

我们的人生总是在等待和前行中度过。作者缜密而从容的态度，告诉读者：随遇而安！总之，“寻梦人”在等待，又在追寻着什么……

（刘金虎）

刘金虎简介：

刘金虎，笔名二郎兄弟，现任某怀化分公司副总经理。系中方县诗词楹联协会副主席、怀化市诗歌学会理事、湖南省诗词协会会员、怀化市作协会员、怀化市诗词楹联协会会员。

烛　光

点燃一丝微光
为自己带来明亮
不求荡气回肠
再大的风浪
唯愿得一人护航

亮起一片烛光
为他人照亮梦想
不求万古流芳
徜徉书海
祈愿后浪推前浪

赏析

周老师是我认识的为数不多的才女兼美女老师之一。她仿佛从唐代穿越至今，举手投足之间无一不散发着古典气息。她有一个雅号“惠兰阁主”，人如其名，如同深谷之兰般弥漫着高洁的幽香。

在乡村学校，偶尔停电是常有的，停电后，晚自习就只能点着蜡烛上课了。她的这首现代诗《烛光》，语言朴实而凝练。在微弱的烛光中仿佛能见到那个笔耕不辍，在三尺讲台上挥洒青春，给孩子们传道授业的师者形象。周老师作为一名人民教师，她用自己的实际行动践行着教师的职责，如同微弱的烛光，燃烧自己！“不求荡气回肠”，让我感受到她脚踏实地做教育的那份淡然，不惧怕任何的风浪，勇往直前……

“为他人照亮梦想/不求万古流芳”彰显出她作为师者的无私奉献精神，以及那份淡泊名利之心。“徜徉书海/祈愿后浪推前浪”包含了作为一名教师对学生“青出于蓝而胜于蓝”的美好祝愿。

（冯梅）

冯梅简介：

冯梅，女，30岁。湖南省洪江市岩垅乡中心学校语文教师。现为语文教研组组长。

三尺讲台

这是一个特定的长度
我却要用我的高度征服它
站不成伟人的模样，也摆不出明星的姿态
只能把自己变成一支拐杖
让孩子们有一种依靠

三尺讲台，我需要用
至少是三十年的时间来丈量
量我学成之前走了多少路
学成之后又能走多远

三尺的舞台
如果，一分钟是十年功
我需要用多大的底气
才使自己变成巫师
带孩子们去遨游宇宙
看社会进步，体验人间冷暖
还要为他们举一盏灯
照亮前行

赏　析

三尺，是一个很奇妙的长度，抑或高度。举头三尺有神明，三尺，是人与神的距离。在乡间神龛上，“天地宗亲师”五大神位中，教师是占有一席之地的。

廖玲笔下的《三尺讲台》：我需要用/至少是三十年的时间来丈量/量我学成之前走了多少路/学成之后又能走多远。三尺的禅意，每一个教者差不多是用一生的时间来领会。廖玲的语言简洁明了：一支拐杖，撑起了孩子头上的蔚蓝；一盏明灯，照亮逐梦前行的征途。

我也是一个乡村的教师，能从这首诗里窥见一个以诗情画意演绎讲台剧情的筑梦人。愿周老师的执教生涯走得更深刻，更缈远。

（刘丙坤）

刘丙坤简介：

刘丙坤，湖南宁乡人。中学语文高级教师，湖南省诗歌协会会员，宁乡市作协会员，宁乡市诗散文协会理事。作品散见于《教师》《湖南日报》《湖南诗人》《长沙晚报》《长沙诗词》《今日宁乡》等媒体。

我不说话，不代表我默许

我知道你偷窥我的意图
在我眼里，你们是幼儿园的孩子
想把一个口香糖塞进嘴里
想咀嚼我不管你的窃喜

我知道你迟到的理由
恨不得把校园的蚂蚁都踩死的你
和当初放牛的我没什么两样
有点叛离，有点不羁

站在我面前，你掩饰了顽皮
你知道。我不说话，不代表我默许
你还知道，不管怎样
我都会原谅你

赏 析

廖玲是我的大学同学，有20多年的同学情。她美丽大方、深沉而有才华，是典型的才女，能书善画，成就多多。这些年，她在文学方面的造诣令我惊讶，是一位真正的诗人，其作品时常感动着我。

这首诗中作者以朴实的语言表达了老师对学生的爱，诗人作为教师，这是一种情感体验，这种情是真挚的。“在我眼里，你们是幼儿园的孩子”既包含一种长对幼的大爱，又是教师人格升华的体现。学生犹如幼苗，其成长需要呵护。“顽皮”“不羁”“叛离”是成长中的问题，也是孩子的天性。这个阶段需要教师“严”的教育，更多的是需要一种慈母般的包容。这首诗很好地蕴含了这种感情，质朴自然、真情美丽！

（罗宽平）

罗宽平简介：

罗宽平，湖南溆浦人，毕业于怀化学院美术系。系中国现代艺术研究会会员、怀化市美术家协会会员、怀化市油画艺委会会员。

听 力

“叮——咚”
清脆的声音回荡在空间
在这赤橙红绿青蓝紫和黑白灰服饰的间隙
穿入几十双耳廓

一片寂静，连呼吸都很压抑
此时，眼睛成了一根拐杖
耳朵才是最明亮的
写一笔，又涂一下

是听得不真切？还是想得不如意呢
带磁性的男中音深情地朗诵
“Believe in yourself ”
许久，我明白

听力，测的不是成绩
是对未来希望的一种心跳
是对自己的信任和肯定

赏　析

我们的学生时代中，让人记忆最难忘的总是英语听力考试。那是一个屏住呼吸、注意力万分集中的时刻。

这篇小诗开头就运用了拟声词“叮——咚”，特别是破折号的使用，将人瞬间拉回到学生时代。赤橙红绿青蓝紫，这是孩子们青春的色彩；素色的黑白灰，这是老师的色彩。一边是紧张的学生，一边是严肃的老师，两组人组成的寂静画面在缤纷的色彩中跃然纸上。

在别的考试中，眼睛是最重要的感官，但在听力考试中，眼睛只能成为耳朵的辅助者。就像诗人所说，“眼睛成了一根拐杖/耳朵才是最明亮的”。将眼睛与耳朵对比，突出了耳朵的重要，更是与主题“听力”相契合。

“写一笔，又涂一下/是听得不真切？还是想得不如意呢”这里写出了在听力考试中的犹豫。把自己的答案勾勾画画、涂涂改改，到底是自己没听清楚，还是没有想明白正确答案呢？不，这些都不是。是自己的不够自信，对自己答案的不够肯定，才这样犹豫踌躇。寻找到听力答案的最佳途径，不是听清录音的每句话，也不是思考明白题目的逻辑关系，只有足够自信和肯定，才是获得答案最重要的方式。

人生就好像由一场场的考试组成。有时候我们用眼睛去看世界，有时候我们用耳朵去倾听，有时候我们要用心去感受去体验去判断。就像罗曼·罗兰说的那样：先相信自己，然后别人才会相信你。Believe in yourself，将会是我们一生行走中最有力的拐杖。

我和廖玲是初中同学，两人自小就相识相知。我爱读书爱思考爱冒险，她爱美爱艺术爱安静。在我眼里，她的文字是诗如画，清澈灵性；而她的绘画也如茶，浓淡相宜。她如深谷万木中的一株兰花，从一颦一笑到言谈举止，全身焕发着美和优雅。她，就是行走的诗歌；她，就是生活的图画。

（邦媛）

邦媛简介：

邦媛，原名菊英，现居上海，英国萨里大学MBA。

我在监考

想到有的孩子为了学分跳楼自杀
我不得不换一种心态监考
我说服自己
包容他们的东张西望
假想他们在这一个半小时
考试实在辛苦
假想他们的窃窃私语
只是为了活动一下舌头
假想他们的窸窸窣窣声
来自未成年人的保护

说我在监考，实在是无聊
不如说
我在监视每一个孩子是否有功利之心
老师只是渡船，像佛度众生
社会才是最好的学校
父母永远是最好的老师
别急，慢点
人生这张试卷太长
答错了，永远无法涂改

赏 析

作为教师的我，读了周廖玲老师的诗歌《我在监考》，内心很久不能平静，一直在想，现在的学生考试时怎么了？老师又要怎样监考？

其实考试的“考”与“试”是意义相近的两个概念，皆有考查、检测、考核等多重含义。而且中国是考试的发祥地，考试制度最早可以追溯到夏商周时期。现在考试作为学校检测学生知识水平的一种严格的鉴定方法，考试时必须要求有很强的纪律约束，所以作为监考官的周老师在监考时触景生情有感而作此诗。诗中的“说我在监考，实在是无聊/不如说/我在监视每一个孩子……”充分体现了周廖玲老师对中国教育现状的深刻认识和对当前一些教育现状的无奈。然而考试的意义并不局限于此，每一次考试可以是对一个目标或对一个人进行全方位的考核，也可以让社会中来自不同社会地位的人拥有改变自己的机会，所以老师对待学生的每次考试都很慎重，学生对待自己的每次考试机会更要珍惜。这就是周廖玲老师诗中说的“人生这张试卷太长/答错了，永远无法涂改”，你我都要珍惜！

（邹建平）

邹建平简介：

邹建平，湖南省炎陵人。现为湖南省书法家协会会员、株洲市青年书法家协会理事、株洲市少年文艺指导协会理事、株洲市美术家协会会员、荷塘区书法家协会副主席兼秘书长、荷塘区美术教师社团“美荷社”社长。

运动会赛跑

拉开马步，深呼吸
只等一声枪响
“啪”
思维和肢体一起奔跑

你追我赶
最掏心的还是班主任
在众目睽睽下手舞足蹈
“加油”“加油”
若不把脚抬高
人群能把呐喊淹没

手心儿都是汗水
整个跑道都是目光
此时
千里马和伯乐达成共识
成功与失败只在一瞬之间

关怀总是令人感动
你哪能护得他一世成功
人生跑道上

阳光与风雨相伴
艰苦与快乐相随

老师们呀，不必太担心
能跑到终点的
是他自己的信仰和决心

赏　析

本诗借校运会象征着人生的征程：在起跑线上随着一声枪响，激情在这一刻点燃，力量在这一瞬间迸发；冲出起跑线，就好像迈开了人生坎坷不平的道路；运动员们你追我赶就好像同学们在学习中的竞争，冲到了终点，似乎就意味着完成了人生的一段历程。

周廖玲是一位极富耐心的美术教师，她坚持诗歌创作，其作品来源于绘画感悟，来源于校园观察，来源于平时生活。无论是学习还是生活，她的诗歌《运动会赛跑》都能给予校园师生前进的动力！

（欧芳练）

欧芳练简介：

欧芳练，女，国际中学英语教师，任教于广州市华美英语实验学校国际中学。

关于一师一优课

我想时刻都站在北回归线上
看到每天最高的太阳
想拥有灿烂阳光
我想，在那太阳所及的地方
就该是我多年的梦想

我只是老师不是圣贤
一师一优课，一课一名师
晒，或者不晒
改变不了我的初心
我的初心已经燃成了蜡烛

油尽灯枯前你若看不到光亮
请不要给蜡烛套上多彩的外框
彼此都知道
灯笼禁锢的不只是烛光
还使人们更加迷茫

多想孔子还在，这样
我可以跟他探讨怎么晒课
在没有网络的时候

教鞭的指向
就是孩子前进的方向

赏 析

你已“站在北回归线”，你已成为孩子心中那抹温暖的阳光。是的，关于“一师一优课，一课一名师”，“晒，或者不晒”，都改变不了我们的初衷，就算成不了名师，也尽心竭力传道授业，演绎精彩人生。廖玲老师在全国新课改实施得轰轰烈烈之时，不断探索各种教学方法，思索教育发展，她把每一节课都上成了“晒课”，这样的老师，我认为是优秀的。她用诗的形式把平时生活阐述出来，她的诗让人读起来倍感亲切。

（粟建新）

粟建新简介：

粟建新，男，侗族，湖南会同县人，一个爱画画的美术老师。

她说的课改

她说，她的优点就是
工作多一点，胆子大一点
教研忙碌一点
多关爱学生一点
她的课，就这样被推出
她和在坐的每一位教师一样

没有说教，没有炫耀
更没有居高临下
她用教学案例诠释一个教师的成长
在实践活动中体验酸甜苦辣
她说，只要想改变自己
新课改就不是难事

教师不应该是蜡烛
是太阳，是甘泉，是蝴蝶
是最美的自己
是呀，课改面对的不仅是学生
也是一个重生的
自己

赏 析

她的诗采用了叙事和抒情相结合的手法，语言精练，形象优美，给人一种清高不落俗套的感觉。特别是结尾，升华主题，给读者以联想、回味的余地。

整首诗意脉贯通而不平直，情景兼具而不游离，感情强烈而不浅露，内容丰富而不芜杂，格律严谨而不板滞。她那独特的生命体验自然而然地灌注诗中，让人充满力量。这种力量激励着人不断挣扎，不断向前。

（饶菊芳）

饶菊芳简介：

饶菊芳，女，高级教师，湖南省优秀教师，湖南省特级教师，湖南省基础教育专家库成员，湖南省“小学未来教育家”培养对象，湖南省首届教师培训师培养对象，湖南省小学语文区县工作坊主持人，湖南省“国培计划”专家库成员。主持了9项国家级和省级课题研究并获一等奖，多次被评为湖南省课题研究先进个人。从教语文二十多年，参加省、市教学比赛均获一等奖，2015年执教的《枫桥夜泊》被评为“部级优课”。现任会同县岩头小学校长、教师进修学校客座教师。主编了校本教材《文明礼仪伴我行》《晨诵经典》(共12册)。

虚与实

湄江很远，我很近
湄江被阳光笼罩
我被树荫笼罩
在画者的眼里湄江是实景
硬实、厚重
我是飘过湄江的一粒尘埃

万寿菊很近，湄山很远
万寿菊被阳光染色
湄山被阳光褪色
在我的眼里万寿菊是实景
青春，艳丽
湄山是她披着的薄纱

你重了，我就轻了
我远了，你才近了
彼此
在虚实之间
也在取舍之间

赏 析

我跟作者认识已经有十年左右的时间了，她是一名乡村教师，生活在山水之间，秀俏玲珑，喜欢写字画画，还喜欢诗歌。我们也是因为绘画认识的。

她很热爱生活，也可能是因为她对艺术的执着吧，她的穿着、绘画、诗歌总显示出与别人不一样的审美观，传统中透露出潇洒浪漫。

她的诗歌也充满了对生活的热爱。在她这首《虚与实》中，你会看到一位侗族姑娘身着青花上衣和绿色长裙，漫步在湄江山水间，在远处青黛的湄山映衬中更加清纯，让人爱怜。这是一幅很唯美的画面。

《虚与实》中的万寿菊不是百花之首，沐浴在阳光下，却灼灼生辉，开得那么自信。“你重了，我就轻了/我远了，你才近了”，你看，这语言多有哲理！远与近，重与轻，虚与实，一切都在一念之间。对人对物，亦如此。可见，她在岁月中沉淀的淡定和从容！

（秦勇）

秦勇简介：

秦勇，号一墨，原籍山东高密，现居北戴河。中国书画联谊会会员，中国民间艺术家协会会员，中国郑玄文化研究院院士，省美协会员，西安书画采风俱乐部执行总监，上海国粹文化艺术交流中心首席艺术顾问。创作的《女民兵》被毛主席纪念馆永久收藏，并获终身红色艺术家奖。2008年创作的《福瑞吉祥》被国务院机关收藏。

一抹余晖入画来

湄江的水清秀
在七月，如一眉弯月
滋养生灵

湄江的山伟岸
在七月，如一道屏
隔住风月

骄阳似火比不过他的痴狂
笔下生辉
彰显南方太行

一笔涂抹山青
二笔点缀水秀
三笔、四笔……风光依旧

他在远望湄江，湄山却在对视他
一抹余晖
在他的笔下柔情万丈

赏 析

人们回忆起的旅程没有色彩，也无法永远记住旅程中遇到的每一张脸孔、每一段谈话。关于那些美丽的写生时光，我们脑海中总会浮现一幅在烈日的照射下一把红伞撑开的画面。周廖玲的《一抹余晖入画来》，是她在写生之余怡然自得的另一种创作。

我很想走近她，看看她的宣纸旁边还有一叠何种材质的纸，可以承载这么细腻丰富的情感。而我终究没敢去打扰，只是远远看着她的背影，和那么美的七月的景融为一体。

于是又想起在湄江的那些夏夜，我们坐在天地之间、坐在山水之间、坐在月光与晚风之间，我们共饮，杯盏碰撞，洒下一地艺术的金子。

写诗的笔、画画的笔，你更喜欢哪一支？缪斯的左手、周廖玲的右手，你更愿意携着那一只去远方？它们同样美好，真的无从选择！于是每一个读诗的人便都盼望成为她风景中的主人，于是每一个在她画前驻足的人便都盼望与她对视……

（黄百春）

黄百春简介：

黄百春，1981年生于湖南省湘潭市。国家高级摄影师，油画专业讲师，湖南师范大学硕士，美术团体“写生湖南”执行主席。发表诗歌散文十余万字，著有《临风而望的眼睛》（合著）、《草木青黄》等。

塞海湖，画者热恋的油彩

我融入山水里
有人却无意间融入我的视域
对，就是这儿

左边，一个画者与我并排而坐
远眺，取景，定位，打开画具。开工
与所有画者无异

刷、刷、刷
油画刀在他手中旋转，油彩是他的语言
我看到他像一位切蛋糕的奶油师

他让我如饥似渴
我凝视了一上午的塞海湖
顷刻，丰盈许多

赏 析

上午的阳光越来越灼热，画家们围着塞海湖各自取景作画，我寻觅到一处阴凉，正沉浸在自己的风景里，却无意间走进了周老师的诗里。

记得，边上有一个美丽女子正在画国画，我们是同一处景，她就是这首诗的作者周廖玲女士。令我没想到的是她除了作画，还在脑海里润诗，让人肃然起敬！

这首诗歌，篇幅不长，娓娓道来，生动形象。诗里没有描述具体的景物，重点刻画了“画者”作画时娴熟的动作，就像是“一位切蛋糕的奶油师”，暗示秀色可餐的塞海湖。正是她不具体写景，才使读者更好地想象出塞海湖的风景是多么宜人。

诗歌用词朴实，而意境深远！

（李文辉）

李文辉简介：

李文辉，男，湖南省沅江市人，1991年毕业于湖南师范大学美术学院。中学美术教师，湖南省美协会员。

秋　声

——读赵持平老师的画

是鸣虫，是烈日，是地燥
是一条幽径
是一语秋声

我屏住呼吸，读一块石头
合上双眼，闻一枚树叶
走进这一墨馨香

或是雪峰山尾
或是万佛之巅
似与不似，一念之间

色彩也有声音
不为盛夏多出一点朱砂
不为凉秋少加一抹群青

从路径中读出人烟
从烟云处理解尘世
秋天的声音，才与生活越来越近

赏析

初识周廖玲是在湄江写生时，当时，听说她是一位诗画俱佳的才女，今日拜读她写的《秋声》，寥寥数语，把赵持平老师的画作诠释得淋漓尽致。

读完《秋声》，在脑海中已有一幅秋景图，有虫鸣、有潺潺流水、有硕果、有通红的枫叶。看到赵持平老师的国画时，画中的每一笔一墨，都与周廖玲的文字完美结合，正如文中所写：色彩也有声音/不为盛夏多出一点朱砂/不为凉秋少加一抹群青。中国画的意境在周廖玲的诗中也得到完美诠释。

（涂尔特）

涂尔特简介：

涂尔特，长沙人，中学美术教师。湖南省青年美协会员，湖南省美协会员，长沙县美协理事。

水墨雪峰

我一直想用多种方法来观察
还想用多种方式来表达
可我怕，皴不起你的浑厚和伟岸

想用中锋描写你的骨骼
用侧锋绘画你的面容
用逆锋表达你的精神

一点墨
像红军长征的燎原之火
铺张开来，就形成浩瀚声势

我可不可以
用焦墨刻画你崎岖的道路和宁静的村庄
用重墨表现你艰辛的生活和对未来的向往

还想，用浓墨画一群人
轻轻地表达一些故事
让他们走在这条红色之路上忆苦思甜

最好是用淡墨和清墨吧

蓝天下的白云和山涧里的溪水，表达了和平家园
它需要我们有一颗和谐安详的心

还要用激情落款：雪峰，长征之旅
更要用虔诚之心按下这枚印章
把这面红旗插进每个阅读者的心里

赏　析

细读《水墨雪峰》，我想谈的是诗歌与国画的异同。

周廖玲的这首诗，是以情感为中心进行表达的，诗歌中涉及了一些具体的外在景物，更多的是作者内在情绪的外化，是人的投影。但这并不妨碍我们去臆想雪峰的黛染碧凝、烟波水云。这

是一首赞美雪峰的诗歌！山的魂魄与精神，早就在作者包含复杂心情的泼墨之中，汇成诗歌的高潮，空对雪峰景，眼前千万里。

国画的表现则不同，它的意趣在于体现伟大广阔的自然造化，体现人类所创造的人工生活环境如何与自然和谐共处。周廖玲笔下有浓墨淡墨，落于方尺之宣纸上，风景长卷历历在目，清泉穿岩，流云出岱，鹤舞雁鸣，雨叩江帆。其中人的形象是点睛之笔，虔诚与祥和的心，让画作归于自然，融入天际。

（胡光胜）

胡光胜简介：

胡光胜，男，生于1957年2月。湖南省洪江市人。怀化学院美术系教授，著名山水画家。

沾一点溪水好泼墨

岩板田是个村落
前面是木楼，歪歪斜斜
中间是石阶，高高低低
后面是山石，隐隐约约
旁边，还有一条小溪

溪水从上而下漂过
盛开在溪边的木芙蓉
在早晨被漂白了
悬挂在木楼屋檐的小米
在中午被漂黄了
生养在溪水里的鸭子
在黄昏被漂肥了

溪边，来了一群画者
岩坂田就生动起来
老人不打盹了，小孩不追闹了
他们被墨色和油彩吸引
有人在画房，有人在画山
我只想蹲在石头上玩水
沾一点溪水好泼墨

赏　析

你在诗中飞翔
描叙美丽的村庄
我的心激起层层涟漪
经久回响
你从画中飘来
在溪旁随风荡漾
我们一起写生的时光啊
怎么能忘

（熊正斌）

熊正斌简介：

熊正斌，汉族，男，笔名山里人。1961年出生于湖南省邵阳武冈，供职于山人广告文化传媒有限公司，擅长版画、油画、焦墨画。现为湖南省美术家协会会员、湖南省老摄影家协会会员、邵阳美术家协会会员、邵阳市焦墨艺术学会城步分会会长、邵阳市摄影家协会会员、县美术家协会副主席、县摄影协会会员。

安坪风景

穿过桃竹林
我的心就被猫儿溪包围了
不大的一块地方
盛开着许多文艺之花
想必这源头也是一个谜

猫儿溪，桃花洞，桂山寺
实际上
被谷子的一缕乡愁连成了一片

他说走过这坎山就是他的家
他说父亲现在把村支书让贤了
而我们说
他该找个这山里水灵的姑娘
数细水流年
或是带她去城里，再回忆家乡炊烟

草籽花已经出阁
油菜杆也有了孩子
他应该让老父亲看到一个繁荣的春天
我信任他，就如相信眼前
安坪的风景

赏析

是乡愁，是梦境，是现实，是期望
从你的诗中我能感觉到乡村的朴实无华
那是你对大山和家乡的思念和祝福
那是你对亲人、朋友的期望和祝福
那也是所有离乡背井的游子的思念和祝福
诉说着游子们对家乡、亲人、朋友、爱人的衷肠
愿你的善良和美丽与猫儿溪、桃花洞、桂山寺
家乡、亲人、朋友、游子、爱人……同在

（杨华）

杨华简介：

杨华，男，工作于金融界，喜好收集字画。

张家界，我又来了

还记得吗
你没有邀请我，我就来过一次
天地为证，我的游记为证
我的心为证

这一次，张家界下了一个大请柬
我就来了
乘着冬日暖阳来了
怀着留念来了
对了，听说这次余秀华来了
刘年也来了
许多诗人都来了

时间能改变我的容颜
能改变你的面貌吗
金鞭溪还青碧吗
天子山还伟岸吗
我昨晚到达张家界府邸时
你听到我
渴望见到你而紧张的喘息吗

张家界，这次我又来了

别嫌我来得太少
你是我的千年之恋
只要你不老
我会经常来

赏 析

作者以四句的开场白，拉开了整个诗情的序幕：张家界还没有邀请她之前，就来过一次。当作者得到张家界的请柬后，便把序幕中久久蕴藏的情感，一下倾泻而出，宛如火山一样的激情，把张家界的画卷展开，主次分明。就好比看书一样，第一遍有个模糊的求知印象，当再次从头细读第二遍至无数遍时，书中的印象更深、内容更明朗了；又好比国画家先勾了线条，又再勾、皴、擦、点、染相结合加深画面的层次，在心中形成一幅主题完整的山水画。作者再看到张家界时，就感到张家界伟岸、青碧、秀丽，美得令作者紧张地喘息。时间虽然能改变作者的容颜，但改变不了张家界永恒的美，会勾起作者更多的张家界情怀，这就是作者的千年之恋。作者善用白描的手法勾画张家界，再行渲染，给读者留下诸多的空白，留给读者更多的想象空间。

（张念升）

张念升简介：

张念升，男，土家族。张家界市武陵源区人。世界汉诗协会会员、湖南省诗词协会会员、湖南省美术家协会会员、张家界市美术家协会会员、张家界市音乐家协会会员、张家界市作家协会会员、张家界市诗词楹联协会理事、《文艺张家界》网媒执行副主编。

张家界大峡谷，我要与你同眠

张家界大峡谷，我要与你同眠
就在众目睽睽之下
躺在你怀里

从入口看到玻璃开始
就按捺不住兴奋
在每一块玻璃面前，我像打了鸡血

直到穿上红色鞋子
走下台阶，走到玻璃桥
每走一步，都会怦然心跳

我抑制不住心率
在玻璃上旋转起舞，直到眩晕
就躺入你的怀抱

张家界大峡谷，今天我要睡你一次
枕着绿树入眠
抱着冬日暖阳入眠

今天，我属于你，你属于我

哪怕玻璃破碎
也愿粉身碎骨

赏 析

情感饱满，意蕴深邃，是这首诗的一大亮点。

全诗彰显了诗人蓬勃向上，热爱生活，向往大自然的浩然正气。诗人以时间为序，以拟人化的手法，充分调动人的感官与大峡谷无缝对接，使人融入了大自然的怀抱。“张家界大峡谷，今天我要睡你一次/枕着绿树入眠/抱着冬日暖阳入眠/今天，我属于你，你属于我/哪怕玻璃破碎/也愿粉身碎骨”，这里作者赞美了大自然的无穷魅力。全诗洋溢着天人合一、物我一体的哲学思想。

这首诗节奏明快，结构严谨，易于理解，利于诵读，是诗人不可多得的又一佳品力作。

（李荣安）

李荣安简介：

李荣安，男，1965年8月生于山东省高青县，高中毕业。1983年10月入伍，1989年2月退伍。现供职于高青县委宣传部，从事文联工作。

飞过天门山索道

天，在山巅，在云端
天门山，是游客通往天堂的路
仰头，望不见仙人
望见索道，望见缆车

一个个小缆车
在地面与天上来回穿梭
云不纠缠，雨不阻挠
只有客人往返

都不是天仙
飞过天门山索道
有人胸闷，有人安静
有人兴奋

天门山，有索道一泻千里
游人意犹未尽
云烟和悬崖，既不说挽留
也不道别离

赏 析

天门山是张家界的名山，著名的天门洞让世人的想象穿越古今。天门山索道是我国最长的旅游索道。游客坐索道飞越奇山怪石、峻岭危崖时，总是心怀忐忑、惊叹神奇。

诗人的感觉总是超越常人，或者说诗人会把常人的感觉轻轻放在一边，而看到了常人所不了解的。坐索道，自然看见了云天和山峦，但传说的仙人却隐迹不见了，是不是遗憾呢？见山不是山，却见了悠悠不绝而上下的缆车。缆车上下往返，游客自由观瞻，彼此依赖，感受各有不同，如人饮水，冷暖自知。“索道一泻千里”，游人意犹未尽，是实写也是概括。而云烟和悬崖的态度，可谓自在自得，并不关心人类的感慨和赞叹，因之对人类“既不说挽留，也不道别离”，是一种客体反客为主的庄严和潇洒。

（蓝冰）

蓝冰简介：

蓝冰，本名张国民。1960年生于内蒙古赤峰市敖汉旗，1986年毕业于内蒙古大学汉语系。文学硕士，教授，硕士导师。20世纪80年代开始诗歌创作。出版有诗集《涛声与群鸟》、小说集《断竹续竹》、新诗论集《诗情蝉蜕》、古诗论集《诗境行踪》、古体诗集《且歌且行》。系大连市金普新区评论家协会副主席、张家界国际旅游诗歌协会副主席。

我们相聚，我们分离

我们相聚，总要分离
我们相聚
是因为诗歌、因为旅游
心中有一份美好
生活就会处处有诗歌
诗，是我们心灵的旅行
旅行，是我们身体的回归

我们分离，还会相聚
我们分离
是因为旅游、因为诗歌
走的路越多，看的风景越美
心的旅程越宽，诗的意境越高
旅行，是为了找到自己
诗，是为了找到大家

我们有相聚，我们就会有分离
我们分离，我们还会再聚
不必问你来自何方
也不必问我去向哪里
如果有下一次约会

一定是诗
给我们传递的信息

赏析

廖玲的诗不长，诗的意境也较简洁，就阐述了我们因为诗、因为旅游而相聚，这是一种心灵的相聚。然而，因为故土、因为家园，而又不得不分离。这是一种必然的结果，不会因为诗和远方而有改变！但是，我们的心灵不管距离有多远，却总是在一起的。正所谓“两情若是久长时，又岂在朝朝暮暮”，还有一种说法是“千里共婵娟”。因为我们心中有共同的诗歌和远方。廖玲的这首诗，让我们这些诗歌爱好者彼此心相通、意相连，做永远的知心朋友！

（刘晓平）

刘晓平简介：

刘晓平，原名刘小平，笔名村童。1960年生，湖南隆回人。中国作协会员、湖南省文联委员、省作协理事、张家界市文联主席、湖南省散文学会副会长、湖南首届“德艺双馨”文艺家获得者。曾在第四届鲁迅文学院高级研讨班学习。已出版著作12部，作品《奇山异水张家界》入选全国实验中学语文课本。

2017张家界首届国际旅游诗歌节

我是你参差不齐的疼爱

把我放在嘴边
与把我捧在手心是一样的情怀
我终究逃不出你的包围

如果爱需要一种距离
那我就长成参差不齐的样子
让你不间断地来观望

我把成熟挂在头顶
把含蓄藏在脚下
我要让你弯下腰杆倾听我的心声

直到你抓住我不放
你的咀嚼，有一种苦涩
又掺杂着甜蜜

赏 析

诗言志，美好的诗歌耐人咀嚼。作者通过描绘采摘逐渐成熟的蓝莓，表现内心的一种情怀。

“把我放在嘴边”，这是一种最简单的诉求，心静静地流淌，那个他会给“我”带来梦里的倚靠么？作者终究是逃不出这前世今生种下来的蛊。“如果爱需要一种距离”，作者心里面荡漾起来的波澜，就只向着那一方，溢了去。这个世界是小小的，小得只够我来观望你。我从凡尘里起身，就算历经艰险，也要把你给打量。“我把成熟挂在头顶”，作者从大千世界走出，到这时，她重拾了久违的自信，温柔的女子也有豪情，“我要让你弯下腰杆倾听我的心声”。她已经不是最初那个羞涩的她了，她达到了“看山还是山”的平淡。

而这一切，这个弱女子，她所要的，也不过是“你抓住我不放”，既幸福，又甜蜜。从苦涩中走出，那份淡定和从容，跃然纸上，作者已然是行过了千山万水。

爱是不可违拗的宿命，它是作者一生的心声。她想得到的，还在路上，她要挣脱的，曾经照面。世界变得近和远，最后该得到的，总会来临。

（谷子）

谷子简介：

谷子，湖南省怀化市作协会员，在政府工作，对文字痴迷，时有散文、诗歌发表在报纸上。

有高过向日葵的天空

在蓝天下
五星红旗飘扬的地方
普天同庆的任意一个角落
每一个人心里
盛开着阳光

有高过向日葵的天空
在今天，在广袤的大地上
植物园花海等你来
许你拥抱一季浪漫
或是向阳，或是逆光

呐喊高过城楼
你的皱纹
是悬于枝头的向日葵花瓣
岁月轮回
天空越高，你越近

赏析

在周廖玲女士《有高过向日葵的天空》一诗中，向日葵这个意象是一个支点，支撑起了全诗的时空想象和情感抒发。

该诗第一节直接点题，描写在盛大的节日普天同庆，“每一个人心里/盛开着阳光”的场景。第二节则将视角转换到植物园花海般的向日葵沐浴阳光、蓬勃生长的盛况，由于这种盛况与节日氛围高度契合，因此这种转换就达到了有力烘托和渲染节日氛围、人的精神面貌的功效，使主旨表达更加形象生动。在第三节，诗人借向日葵的形象进一步联想到共和国成立之日人民“呐喊高过城楼”的光辉时刻，并以向日葵的花瓣指涉皱纹、年轮，隐喻共和国波澜壮阔的成长历程，从而使诗人心系祖国的家国情怀达到一个高点。

值得一提的是，诗中“有高过向日葵的天空”一句看似平拙，实则以向日葵为视角参照物，使天空看起来更高远，天空下向日葵的形象亦更鲜明，殊为精妙。总之，向日葵这个意象不仅很好地发挥了串联、支撑作用，而且使整首诗情景交融、意蕴深厚。

（阿蛮）

阿蛮简介：

阿蛮，男，湖南省怀化市人，在怀化市人民检察院工作。诗歌爱好者。

绿野仙踪

——孔雀之舞

像梦，像遥远的故事
像清晨苏醒过来的本能
让一种暖流占据了全部思维

如渴望光一样，你渴望欣赏我的美丽
在这个平台，带着灿烂
带着迷醉
若能给你一米阳光，绝不给一树阴凉
哪怕你只能用手指接住
也是我想给你的整个太阳

你若是大树，我愿是一棵小草
你是丛林，我愿在你脚下环绕
始终坚持着把梦想托在手上
一伸一曲，跟我的一颦一笑
在你的微距定格

我所有的肢体语言你都懂
懂这阳光透过枝叶，照进彼此的眼睛
这一路我们所拥有的景致
是飞鸟、虫蚁

烟云、雨露、阳光
还有生命的呼吸

翩翩起舞的不只有我
有整个绿野和精灵
有你投入的一路目光和追逐、记忆

赏　析

读到诗人周廖玲的《绿野仙踪——孔雀之舞》时，一幅美丽动人的画面再现。那天，高直的红杉林里一缕阳光从密密层层的枝叶间透射下来，坡形的草地上印满铜钱大小的粼粼光斑，一个身着花绿色长裙的柔美女子，情不自禁地站立于那束阳光下，在摄影师的青眯中舞弄着各种彩绘图案，一时露半个脸羞答答像刚出门的新媳妇，一时剪影出一个婀娜丰韵、凹陷挺实的柔媚女子，宛如一只翩翩起舞的金孔雀，引来布谷鸟不停的叫声要与之媲美。然而，就在这个刹那间，这场景马上在这只“孔雀”的脑海里，形成了一种神秘的文字电波……

而今读到这些电波的译文，我再次被陶醉，感受到了作者向往一种神秘而又幸福的生活，她渴望阳光、渴望温暖，梦想着浪漫爱情。像梦游一样闭上眼睛，用心去体会，想象着自己就像《绿野仙踪》里的萝茜姑娘，那么，这些梦寐以求的幻想，即使不能实现也是一种很好的享受。

（夏曼玲）

夏曼玲简介：

夏曼玲，女，湖南省怀化市诗歌协会会员，怀化市摄影家协会会员，诗歌散见于《边城晚报》、网络微信等媒体。

梯田深处

路的尽头还是路
梯田的尽头就有家

那盘旋而上的
似外婆挽起的高高发髻
又像妈妈做布鞋纳的千层底
还像点缀我满头的羊角辫

梯田有多高
父辈的背影就有多高

每一丘田
是他们的老茧堆砌
每一粒谷穗
被他们的辛勤汗滴浸湿

曲曲折折的不只是梯田
是一腔情怀

那一弯犁
是养育我的调羹

舀岁月的风调雨顺
品人世的冷暖亲情

梯田深处
总有人在等待

我走过万水千山
还是走不出这层层梯田
这大山里每次飘起的云烟
是我把乡愁点燃

赏析

有位很有名的诗人说过：诗是有声的画，画是无声的诗。从我们熟读的很多古诗来看，它们无疑体现了诗与画的高度融合，如“两个黄鹂鸣翠柳，一行白鹭上青天”，一读就会在脑海里闪出黄鹂、翠柳、白鹭、青天的美丽画面。我喜欢有画面感的诗，它给人印象深刻。

《梯田深处》是一首现代诗，之所以令我喜欢，是因为它不是一幅画面，而是一组画面，给人强烈冲击力的画面感。先是小路、梯田、家构成一幅远景画面，接着又是外婆的发髻、妈妈的千层底、“我”的小辫子的近距离画画，马上又推出父亲的背影、汗水、老茧、谷穗等特写画面，然后进一步推进，把几个画面交替、叠加在一起，自然而然就组成了一组充满田园风光和乡愁意味的风景画。

现代诗《梯田深处》如画一样美丽，好得有理由！

（杨岩清）

杨岩清简介：

杨岩清，网名五溪山泉，男，1963年生，湖南省溆浦县人。当过警察，现供职于某市政法委。湖南省诗歌协会、湖南省民间艺术家协会、湖南省作家协会会员，中国艺术家摄影协会会员。有诗歌、散文、摄影作品散见省内外报刊，出版法制纪实、报告文学集《都是月亮惹的祸》。

茶马古道

古道上
有一担担岁月
是青石板展开的历史
是背篓背出的生活

一阶阶，沉淀的春光
从石缝里长出青苔
斑驳的树影
正好压在村头

阿妹的歌声从村口传来
古道的马蹄
寻声而去
风醉了，山也醉了

随着棕树一层层地剥离
硝烟散去，商道兴旺
来往的行人
放马扬鞭

远去了

曾经的风雨兼程
走来的是茶马古道
崭新的春天

赏　析

夜静，焚炉烹茗。沏一杯茶，品读着《茶马古道》，随着升腾氤氲的茶气，任思绪弥漫：远方、古道、回响在林间的马蹄声，演绎着生活的艰辛与希冀；阿妹的歌声是心的港湾和曙光。恬淡的生活、浅浅的快乐，是祖辈留给我们的人生真谛。

然红尘中的你我，背一身疲惫，负岁月荏苒。何处是心灵的归宿？回归之路在何方？

“远去了/曾经的风雨兼程/走来的是茶马古道/崭新的春天”，是的，远去了的都是岁月，向我们走来的是美好的生活！

（黄国庆）

黄国庆简介：

黄国庆，男，50岁，汉族，现供职于某市法院。

遗址

爱上一个人
就会爱上一座城
你即便是废墟
我也一样爱你

爱你
那几千年都说不完的传说
爱你
那些陈旧岁月里的起起落落

看一个河蚌伴奏
听一个田螺吟唱
让彩霞、云朵起舞
还有鱼儿、虾儿吆喝

来了的人，走了
走了的人，又来了
唯有不变的泥土
一直在过冬
也一直在怀春

赏 析

女诗人周廖玲的生活很有诗情，又很有画意。因为书画是她的主业，诗歌是她的爱好。在这个时代，身为一中学的普通书画老师，能把生活过得如此简单而又有诗情意趣，难能可贵。

全诗分四小节写，通篇感觉作者既写一个人，又在写一座城，人与城不离不弃，又若即若离，来了去，去了来，像一个影子，在天空中徘徊，在时空里穿梭。“爱上一个人/就会爱上一座城/你即便是废墟/我也一样爱你”，这一节，开篇直入主题，这个人是谁，没点名道姓，隐约存在，就在一座城里，城在哪里，谁也不知道，你说在哪就在哪，反正装在作者心里，远也爱着近也爱着，再苦再累也爱着。即便是一座废墟，令人不屑一顾，也依然爱着，爱得深刻。这爱是已然的，还是未知的，让读者想象。

第二节，转入主题，“爱你/那几千年都说不完的传说/爱你/那些陈旧岁月里的起起落落”，这爱，几千年说不完，几万年写不尽，也许是对历史中的偶像倾诉，又是对现实里的对象表白，不予点破。一切的一切，在岁月中沉浮，在风雨中洗礼，总之，经历坎坷和崎岖，方可见雨后彩虹。这个人到底在现实中，还是在梦境里，任尔遐想……

第三节笔锋一转，回到现实生活，“看一个河蚌伴奏/听一个田螺吟唱/让彩霞、云朵起舞/还有鱼儿、虾儿吆喝”。不管是对历史的吟诵，还是对自己生活的期待，诗人毕竟生活在这个美好时代，看山川，望大地，河蚌、田螺在手舞足蹈，为这样的生活庆祝，彩霞云朵在起舞，鱼儿虾儿在吆喝，为这样的日子添光彩，画面感扑面而来。不管这样的爱已逝去，还是存在，只要心中有爱，有那份等待，世界在诗人眼中都是美好的。

“来了的人，走了/走了的人，又来了/唯有不变的泥土/一直在过冬/也一直在怀春”，第四节把现实拉进未来，具有哲理性。这个星球，亿万年来，万事万物都有始终，何况人类。生命轮回，离开是为更好地回来。只有生命的终结，才会迎来新生命的开始。而不变的，是生命的载体——泥土，大地。她懂得，下一个春天一定很快会到来。

整首诗歌四节，在历史和现实中不断转换，在似爱非爱中跳动。爱在这个时空里不停地穿越，本着对生命的虔诚和尊重，与大地和泥土永生，有了这等胸怀，短暂的痛楚与生命相比，何足挂怀。

（周福好）

周福好简介：

周福好，湖南省辰溪人。怀化市诗歌学会会员，怀化市作家协会会员。

一枚落叶

不要悲伤，她并不孤单
向她款款走去的是懂她的人
想捧她在手心，陪她度过风烛残年
不管是从容安定，还是飘然欲坠
她已经不是一个季节

你若忽视了她的单薄和残美
去哪里找春的期望和夏的芬芳
哪里有风雨同舟、苦乐甘甜
轻轻地，她在低语、在述说
把泪沾满你的指尖
把爱悬在枝头或是飘向天边

爱和恨都长着翅膀
宽恕和计较都开着眼睛
你和她的相识在天地之间
没有轮回哪里有你
没有春夏哪里有她
不站在同一平台彼此怎么对话
生命短暂，需珍惜当下

落叶归根是为了修一颗禅心
一同老去有何不好
在泥泞和沙砾中仰望日月
在安静的角落修补沧桑
如果可以，相依成绝美的风景
让这丰厚的季节
有风、有云、有阳光

赏 析

一枚落叶，万种风情！

谁是“懂她的人”？也许就是你，因为你从没疏忽过你的爷爷奶奶或者老父老母，即使工作再忙，事情再多，也总会“常回家看看”，听着他们“在低语、在述说”。也许就是你，因为你与你的爱人相濡以沫，不离不弃，春天长，夏日茂，书写成秋日的金色供人嫉妒。也许就是你，兄弟情，朋友义，绝不是繁盛时的豪言。它历经风雨，落下也是一种坦然。有了“懂她的人”，生命就有了轮回，一代又一代，虽然老去却可以“相依成绝美的风景”，“风、云、阳光”积淀成丰厚季节，又何必还去感伤“生命的短暂”？

我不会写诗，也读不懂诗，是平易浅显的文字吸引着我，是万般复杂的情思打动着我。《一枚落叶》哲理和深情相融，真美！

（唐冬生）

唐冬生简介：

唐冬生，男，湖南师大中文系毕业，中学语文高级教师，曾任洪江市黔阳三中副校长。爱好文学，具有较高的作文辅导水平。在刊物发表文学作品120多篇。

青椒的归属

走出农庄就到了酒家
那边是人山人海，花开果香
这边是高楼林立，菜熟酒醇

我一直惦记着那片庄园
田里的青椒和长豆角
变着法儿比赛成长
却总是长不过抽穗的玉米秆

就像喝酒
女人总喝不过男人
也像桌上的那几盘菜
长再高
最后只有一口的高度

青椒也算是幸运吧
在酒家遇上几个谈诗的人
那些鸡鸭鱼肉
都只能偷听

而它，可以高谈阔论
就连茅台都失去了魄力

只有它能让诗人，狠狠地
打一个踉跄

赏 析

品读周廖玲老师的诗歌《青椒的归属》，可以明显感受到她对自然生灵和未来命运的思考。这首诗，是跨越空间的叛逆、扭转岁月的发条，也是生灵与芸芸生命范式的变幻莫测，更是六经注我的蜕变，最终“能让诗人，狠狠地/打一个踉跄”。物我合一之中，诗人承载着她的命运轮回，并尝试着突围。

从诗歌的意象中，我看到了：冰火同炉中的命运归宿。诗歌的第一段，从“农庄”到“酒家”两个地理空间的转换，将“花开果香”与“菜熟酒醇”放在同一思考层级，为命运的思考埋下了伏笔。诗歌的第二段，从空间跨越到纵向的时间，从“比赛成长”到“却总是长不过”，述说了命运的归一，那是无法逾越的时间与生理桎梏。诗人将原本自然生长的青椒，在第三、四段的文字中，通过挥发的酒精、做伴的鸡鸭，在推杯换盏中，成为诗人骚客的饕餮。植物、生命还是美食？最后一段升华主题。青椒，终于在文字的凝重里转化成精灵，与杜康为敌，在诗人的预谋里，逆势成为踉跄之王。

（铁棒）

铁棒简介：

铁棒，本名黄真龙，土家族，1991年5月出生于沅酉交汇之北岸，现寄居张家界。系湖南省作家协会会员、湖南省散文学会会员、湖南省报告文学学会会员。偶有作品发表，已出版个人散文集《寂寞舞阳河》《波西米亚之歌》。

板栗壳物语

来不及闻你春天的花
来不及看你夏天的叶
来不及尝你秋天的果
你就随风跑到了冬的大地

板栗树乡如果没有板栗
就像我与你不曾相遇
空巢会让游子失去回归的记忆

沿着漫路飞花靠近
怀着虔诚之心访问
石阶尽头
你被谁收藏、受谁恩宠
你的幸福又被谁仰望

多想
许可我爱你一次
请别把我扎伤

赏　析

对于诗歌的理解，我或许和别人的理解不太一样。我认为一首好诗的标准，首先要让人读懂，不晦涩，读的人能理解诗歌所表达的意义；第二，要简洁精练，运用简单的文字，通过组合，表达出意想不到的效果；第三，有不同于他人的视角，表达的内容出新，不重复别人的经验；第四，应比较准确，文字表达和思想内容表达有较高的吻合度；第五，有意犹未尽之意；第六，能让读者产生共鸣。

读《板栗壳物语》给我的印象，符合我对于诗歌的理解：易懂，文字简洁，诗的字里行间浸润了作者深厚的感情，诗的末尾道出了作者的期许。整首诗有一种淡淡的忧伤，读完，阅读者也会受到作者感情的影响。整首诗运用了排比、拟人等手法，体现了作者平时观察生活的细致，以及驾驭文字的娴熟。

（骆旭）

骆旭简介：

骆旭，笔名柯坪，湖南省麻阳县人。湖南省怀化市作家协会会员。1988年开始文学创作，早期以现代诗歌、散文、散文诗创作为主，后转向小说、文学评论写作。

板栗树乡的暖冬

这个元旦没有雪
有远游麻阳板栗树乡的迷雾

远山任由一道公路摇摆
芦苇招着手
椿树撒下一地铜铃
板栗树乡铺上蜡黄地毯
迎接我们

没带笔和纸
带了眼睛，看炊烟从土坯房飘起
带了耳朵，听公鸡在墙头打鸣
带了一个口袋
收纳秋叶洒向大地的诗篇
带了心跳
聆听板栗树的声音

麻阳妹子的大红袄
在这个暖冬特别艳丽
麻阳阿哥的金樱子酒
在这个元旦格外香醇
夜幕回归
酒不醉人，人自醉

赏　析

“只在此山中，云深不知处”。拜读了周女士的诗歌《板栗树乡的暖冬》后，我才发现，原来我置身在美好而舒适的大自然中，对此，我感慨万千。我陪同周女士一行文友穿梭在板栗树乡的乡村，体验乡村民俗，享受大自然的美，感慨乡村的变化。曾经，我想把这个大自然看透彻，一直被风景迷住，原来只因身在此地，忽略了这块大地的美。

我喜欢周女士的山水画，画中体现了对大自然的向往。周女士的《板栗树乡的暖冬》这首诗把板栗树乡描绘得栩栩如生。我们漫步在山间小道，充满对大自然的热爱，对大自然的享受，对大自然的向往，身临其境，融入自然。正如诗歌中的“酒不醉人，人自醉”，我们醉在美丽风景里，醉在淳朴乡情里！

（满家刚）

满家刚简介：

满家刚，男，湖南省麻阳县板栗树乡人民政府干部。爱好书法，喜欢拜读散文、诗歌。

雪峰山脚的舞台

在通往雪峰山的谷底，乱石横铺
有一个石台，它沐浴天然溪水
如一具酮体卧于苍绿之间
那些巨石写着沧桑
裸露着，洒落一地

翠竹知道，飞鸟知道，峡谷也知道
这是雪峰山人民的乐园
华清池就遗留在此了
为何不褪去尘衣洗一洗心
不要太多理由，轻装上阵
登上这个平台
心有多大，眼光就有多高
舞台也就有多宽

当春风来临
游人踏进这里，踩在它的脊梁上
雪峰山脱下神秘衣衫
奇遇就会出现

在旅游的天地

任何造型都有假想，任何词汇都失空灵
唯有它是真的
火焰纹理，斑驳骨骼，苔衣、碧水、小鱼
都是真的
洪江市龙船塘的岩鹰洞
是雪峰山的脚趾
更是瑶乡人的舞台

赏　析

诗意地生活，舞台就在各自脚下！

褪去隐形的尘衣，现实中其实人人都有一个专属于我们自己的舞台！这个舞台可高可低可大可小，可以是绚烂多彩也可以是独秀一枝。不管结局怎样，重点在于我们如何诠释个中细节。

《雪峰山脚的舞台》可谓是诗人周女士的一幅水墨画。诗人运用绘画的技法，近处写实，远处抽象，色彩微妙，意境丰富，在诗人独具一格的慧眼中，一首描写湘西雪峰山脚瑶乡岩鹰洞的赞美诗悄然而出。全诗深入浅出，意象凸显，诗中现画，画中呈诗，让人一目了然。

（向建桥）

向建桥简介：

向建桥，男，笔名上山樵子，公务员。湖南省怀化市作协会员，怀化市诗歌学会会员。

雪峰之美

不知什么时候恋上了你
在披星戴月中期待
当第一缕光芒染红山冈
才明白你的冰清玉洁
是我一生的渴盼

在烈日炎炎下凝视，你的丰腴
岂止几轮风盘能消瘦下去
就如坚硬的泥石筑起的山之巅
驻足你我心里
那是一种不变的信仰
你的美丽和富饶，更有一种神秘
吞噬着风花雪月

所有的激情似万丈光芒倾泻
当截留你倩影的瞬间
满足着灵魂互动的快感
雪峰，请不要如此任性
我只是想用胶片
记录一个山巅的故事

赏　析

对于一位教师、画家、诗人来说，周廖玲有很多的事需要做，有很多的爱好需要完成，有很多的不得已而为之。“不知什么时候恋上了你”，就像在梦中，和月亮多次谋面，把雪峰山看成生命中的等待，视为生命中不可缺少的一部分，渴望登上它，去发现奥秘。

这时，雪峰山就不是一座简单的山了，而是一个有魄力、有思想的人，山高没有人的脚长，是行动和思想的投影。真好，让视觉成为心理的动态，放映在读者面前。

作者是一位谦虚、善良的女子。她想到了更多的人需要实际精神，更多的人需要发现精神，所以用胶片作为意象，形象地诠释雪峰中的故事。

（汤朝军）

汤朝军简介：

汤朝军，湖南洪江市人。怀化市作协会员，怀化市诗歌学会会员，怀化三月诗友社成员。诗歌作品散见于《边城晚报》《怀化文学》等报刊。

一转身，就成似水流年

来，或不来
郭公坪苗寨永远站在这里
是接近贵州的一个山区
山外自有山外的世界
这里有古朴的苗族土屋

层层青石叠砌
木板在内，泥砖在外
屋顶上是长青苔的灰黑瓦片
在这里
寻一方安宁，筑温暖家园

苗年依旧在过
苗服仍然在穿
三寸金莲走不出的大山
香樟树疯长
今天，松柏下帖

她站在苗寨前等候
当年的阿哥，锤响了青石巷
当年的阿妹，唱老了土坯房

那段背篓时光
一转身，就成似水流年

赏 析

这是一首极美的现代诗，也是一首很好的地域采风诗。短短一百多字，却将苗寨的风土人情淋漓尽致地表达出来。“层层青石叠砌/木板在内，泥砖在外/屋顶上是长青苔……”这是安静的苗寨，多情的苗寨，你来与不来，她都在痴情地等待。

这也是一幅极美的山水画，作者无疑是个绘画高手，青石、灰瓦、苗服，和谐而统一。

苗寨的时光是安静的，如同香樟树绿了又红，红了又绿，以及那美到极致的红绿相间；苗寨的时光也是激情洋溢的，身着苗服的阿哥锤响了青石巷，阿妹唱老了土坯房，时光匆匆，她的背篓时光，一转身，就成似水流年。

读着这样的诗，我久久不敢下笔，恐我这粗枝散叶的评论影响了诗的和谐。这样的古典美，大气质朴而不失婉约，深情缠绵而不做作，读着这样的原生态作品，心生欢喜，心生敬佩！

（李评）

李评简介：

李评，一位喝淮河水长大的皖籍女子，典型的文字发烧友，坚信文字是人生的北斗，指引自己抵达真我，并愉快地接纳。

走过杨树林

一直以来，我叫它们火柴树
源于小时候读过
那个卖火柴的小女孩的故事
它们长在溪岸边、公路旁
一排消瘦的身躯围暖整个冬季

直到今天我才知道
它有一个更好的名字：杨树
走过江市河滩的杨树林
我万分欣喜，禁不住高声呐喊
这一喊，树叶便开始凋零
流水开始降温
杂草也开始冬眠
唯有一群水牛充满活力

杨树林里的这群水牛
是萌妞
有牛妈妈，有牛崽崽，绝对没有牛爸爸
这个结论是我下的
因为，羊萌萌的红衣
并没有引诱起它们的斗志

而是让它们抬起头很懵懂地欣赏
突然闯入林子的这几个好摄者
它们的眼神
足以融化严冬河床里的冰块

走过杨树林
我的心就落在那里了
那儿的冬天，一定不冷
萌牛还会再来
枯草还会再发
只要牛的主人还有慈悲
牛头、牛眼、牛屁股
就是杨树林最好的点缀

赏　析

初冬，和文联的锡文、庆平、钦丽群、周廖玲一行到江市杨树林摄影采风，廖玲女士即兴咏诗一首发给我，读后受益匪浅，感悟如下。

深秋至冬，常人眼中，树木凋零，萧杀凄凉，但诗人却以其内心的炽热及对生活的热爱，从不同的角度去观察理解，采用拟人及夸张的修辞手法，为读者描绘出了一幅生动有趣的田园风光图。

诗人的呐喊可让杨树叶纷纷飘落，可让河水降温。这本是一片寒冬枯景，但诗人笔下忽然涌现一群低头觅草、大小不一、形态各异的牛。这群牛怡然自得，见着我们这些不速之客，抬头凝视毫无惧色，连能激发斗志的红色衣服都可视而不见，以至于诗人误以为牛群中没了雄性。

廖玲女士的诗，手法通俗，语言朴素。展现在人们面前的就是一幅人与动物之间和谐相处的生态美图，也是诗人内心对幸福、和谐、平静生活的向往。

（羊临萌）

羊临萌简介：

羊临萌，男，1963年12月出生于邵东，务农、教书、从警、经商，退休后寓居于长沙。

截留一片金色

一场春雨和一股南风的相遇
哗啦啦地吹醒了冬季里蓄意已久的情感

那一陇陇的油菜像疯了一样地生长
然后绽开一张张笑脸
和着阳光翩翩起舞，浅唱
当然，她不知道，她的出现
搅扰了无数人的目光

在好摄者的镜头里她是绝美背景
在农夫的心里她是金灿灿的食油
在文人墨客的笔下她是诗情画卷
在旅游者的行程中她是天上人间
独有在我眼里，她是江南的春姑娘
是一个身着锦绣旗装的妙龄女郎

我围绕在她的身旁，亲近她
我嗅到一股泥土的芬芳
心跳随着南风一阵高过一阵
我想留下她绵绵不断的情怀
喊一声，“我爱你”

山谷回荡，我——爱——你
其实我知道，她不属于人间
如果哪天她要离开
我最多也只能拽住她的裙角
截留一片金色。回忆

赏析

《截留一片金色》是我在诗群里出的一首同题诗。出题之初，想的是春天的金色，万里引人迷！当然，很多创作者也陷入情感不能自拔，以占有、拥抱居多。而周廖玲女士的《截留一片金色》，却是最吸引我的诗篇之一。不为别的，只为“如果哪天她要离开/我最多也只能拽住她的裙角/截留一片金色”的淡然、幽远和不动声色。不仅将爱她、恋她之心表现得淋漓尽致，更能从爱她就放她的极爱之情表达出来，以绝对超凡的毅力爱护和支撑被爱者的权利，这是极其难得的。

全诗无论从着墨还是情感抒发，都飘散着充沛和厚重的感情，我们姑且诠释为爱情。这情是浓烈的，也是节制的，我们甚至读到大量克制的成分。开篇以“一场春雨和一股南风的相遇/哗啦啦地吹醒了冬季里蓄意已久的情感”起笔，将一份浓烈的爱肆无忌惮地宣泄出来。有了这份爱，在好摄者、农夫、文人墨客等各色人群眼里便有了各自的定位。主角的出场，迎来了高潮之后的平静。“我围绕……亲近她”，多么婉转的表达！甚至于高喊也落墨到山谷回音。不知道读者对山谷回音可有体会，那是深远清澈而韵味悠长的。在这样深入的铺垫后，主角的自我呈现出来了：其实我知道，她不属于人间，不属于我。一种爱之切的最终理智，将文字引向更深层次。

爱到深处，自放行！这就是作者的睿智！

（钟远景）

钟远景简介：

钟远景，曾用笔名中雨，有多种文字刊发于《贵州民族报》《湖南日报》《天津诗人》《星星》《澳洲彩虹鹦》《自强涛声》《新大陆》等报刊，被选入多种文学选本，获多种奖项。

龙腾虎跃闹元宵

雪火龙出世了
在溆浦龙潭的阳雀坡

它带领着上百条龙
游弋，腾飞
引得阳雀坡的狮子、虎
跃跃欲试，竞相争斗
引得远近闻名而来的游客
激情澎湃

围观吧。里三层外三层把空坪都圈住
人群占满每个山头
挤满每个屋顶
在爆竹烟花里
把无人机放飞在龙潭上空
把欢呼声送给阳雀坡山巅

今天的元宵节格外不一样
火龙腾空而起，龙潭便安详康泰
雪龙匍匐潜入，龙潭已五谷丰登
喔嗬龙，故事龙，蚕龙

它们跟着举足欢庆
龙的传人啊，快舞吧
在这个传统佳节
舞动传奇、舞动民俗
舞动中华大地龙腾虎跃的精神

在元宵夜的烟花里
村民在欢呼，艺术家们在兴奋
我看到了高低不等的身影和大小不同的笑脸
更看到了雪峰山旅游区的春天

赏 析

当我的朋友把周廖玲老师的这首诗发给我，要我做简评时，我很认真地读了一遍。这首诗像是适合现场节目主持人朗读的稿件。它把整个场面描述得很生动，传统元素很足，会让读者有意愿去了解传统文化。至少，我真正去查了下雪火龙的传说。凭感觉，这应该是雪峰山旅游区找人写的应景文，以吸引更多人前去旅游，后来听朋友说起是周老师和她的一群文友采风后写的。这种地域性诗歌，特别是景区描写，我觉得作者写得真不错，把自然景观和活动现场表现得有声有色，同时结尾也表露出了对雪峰山美好未来的憧憬。

（非鱼）

非鱼简介：

非鱼，原名张伟伟，男，湖南省桃源人，喜欢古典诗词，对于文字创作推崇“书之岁华，其曰可读”。

春　天

“叽喳”“叽叽喳喳”
两只小鸟挤在我的窗台叫着
扑闪扑闪地跳跃，如跳华尔兹
想啄开窗
可惜，我听不懂它们的谈话
但我听到了季节的物语
与冬季雪竹林间的麻雀相比
它们无比欢快

是春的使者
我怎敢怠慢邀请
独立窗前，推开窗
放一缕阳光进入自己的心田
有风儿吹乱思绪
远山的油菜花儿正值青春年华
桃儿情窦初开
一群小鸭浅蹚春水嬉戏

不敢前行
因为我没它们勇敢
只想置身在风和日丽下
用心感受春的柔软

赏 析

冬天过去了，春天还会远吗?作者的《春天》给了我们一幅生机勃勃的图画，还有一种对美好情感的渴望，让人想起自己的美好青春，以及那种在学生时代懵懂的冲动。

爱情、亲情、友情，都写在春天里，也都表现在春天里。春天是一个暖心的季节。苏醒的万物，徐徐的春风，怎不让人成长呢?我刚刚经历了冬天的寒冷，父母的离世让我一直都冷在寒冬里，无法用言语去表达。真的很感谢周老师的《春天》，以及她对我的友好和信任。父母生我在春天，养我在春天，而我的名字也是取在春天。因而我也有勇气去迎接一个新的春天，聊以慰藉父母的在天之灵吧!

（杨碧玉）

杨碧玉简介：

杨碧玉，女，教师，1974年出生于湖南省城步苗族自治县一个小山沟里。自幼爱好写作，大学毕业后因为工作繁忙，未曾向刊物投过稿。

花开的声音

喜欢把眼前的这朵桃花
看成是一个女子
猜她如何怀春
又如何钟情于这个季节
更如何忍受一个男人在春耕时的吆喝

她在春雨中肆意成长，当阳光到来
这位女子便描眉画唇
要和春天来个深吻
粉红的、绯红的、深红的
就这样在你的视线下悄然绽放

她把所有情绪写在脸上。盛开
你若在乎
每一句都会情意绵绵
你若不在乎
每一句都让你哑口无言

赏 析

周廖玲老师的《花开的声音》，是一首恬淡清新的吟诵桃花的小诗。在实写桃花盛开的时候，她是将所面临的桃花作为一位怀春的少女去写的，使平静的画面增添了动感，也拉开了桃花情意绵绵的张力。我们听到了怀春、颂春、吟春的声音在耳畔悄然响起，这是这首诗一个值得称赞的地方。这种写作技巧，不正面去写桃花，而是选择了另外一个角度，就显得非常新颖别致。

《花开的声音》在字里行间也流露出周老师心中一丝淡淡的伤感情绪，集中反映在诗最后一段的两个“在乎”。诗只有掺入了思想的元素，才让人回味，让人哲思。

（师古）

师古简介：

师古，男，湖南省怀化市靖州飞山人，生长在城南土桥街。系湖南省文物研究副研究员、中国美术书法研究会会员、湖南省作家协会会员。出版专著《水巷梦远》。

春 分

我在春分的凌晨醒来
是一声巨响划开了我的眼帘
“哄——”“哄——”
像要撕破苍穹
揭开一个崭新的天地

雨哗啦啦地从空中洒落
天窗台、屋檐旁至地面上
到处是叮叮咚咚的交响乐
汽鸣的急切声，人语的喧哗声
让城里的春夜没片刻安宁

清晨再次迎来一次春雷
天空暗压下来，一片灰色
随之而来的是噼里啪啦的急阵雨

春分，敲打着腰鼓
就这样与冬不同凡响
看，春雷的一声声呼喊
把泥土唤醒，使荒草换绿
把溪水唤暖，让百花盛开

春雷开设了一场春雨的盛宴
硬生生地把梅雨季节请来了

赏析

季节变换，而每个季节都是诗歌不变的主题。一年四季，季季都风华无限，都在诗人笔下成诗成行。而这首《春分》在诗立意上抢占春的先机，使人看后立觉整个冬天都被包裹在暖融融的春风里。所谓春分，是春天的开始，也是一年的开始。诗人把一首诗当作一个希望和理想来注入，使诗歌在季节里洄游，在丝丝春雨里细无声。

最后用一个“唤醒”，衬托一种心境和引领，把你带进她绵柔抒情的诗歌领地，让你不得不在这里左顾右盼，不得不在这种特殊的盛宴里，爱春惜春！

（高士杰）

高士杰简介：

高士杰，女，14岁辍学，农民工。中国诗歌网吉林频道编审，在《星星》《诗词》《绿风》《国防时报》《湖南日报》《海南日报》《吉林日报》《打工文学》等200余家报刊发表作品700余篇（首）。有中篇小说入选《吉林农民作家作品选》。曾蝉联三届诗歌春晚奖。获首届雁翼文学奖银雁奖、四川省第32届桃花诗歌节二等奖、首届全国网络爱情诗歌大奖赛二等奖等多个奖项。

追赶春的脚步

雪把最后的帷幕撒在桃枝
显得春天是无比稚嫩
游子踏着春草，带着理想
东奔西跑

我用图片开始记录春的语言
想把那粉红的、雪白的
金黄的、浅绿的、绛红的
随同各种芬芳安抚我好色的眼球

趁无人打理的零乱日子
开启久违的童心和好奇的思维
追赶春的脚步，释放自己
让灵魂来一次旅行

我乘着风、冒着雨、顶着暖阳
勇敢地奔跑在三月里
咦！好像总赶不上没长脚的春
原来春一直徘徊在我生活里

赏析

我读过很多关于春天的诗，那都是过眼云烟，脑海里没留下一点印象，唯独对这首《追赶春的脚步》印象深刻。归纳起来，这首诗有如下特点：

一、构思巧妙。作者用“带着理想/东奔西跑”“用图片开始记录春的语言”来描写“没长脚的春”，把春的姿态描绘得淋漓尽致，让人美不胜收，浮想联翩。

二、语言新鲜。作者为了让读者了解“春”的美景，尽量用鲜活的语言来表现。如作者在诗中用了“春天是无比稚嫩”“安抚我好色的眼球”“让灵魂来一次旅行”“春一直徘徊在我生活里”等很多鲜活优美的语言，把春的形象牢牢镌刻在读者的心里，让我们对“春”有一种恋恋不舍的情怀。

（肖尊烨）

肖尊烨简介：

肖尊烨，男，汉族，1958年出生于湖南省洪江市塘湾镇，大学本科学历，高级编辑。系中国乡土作家协会理事、湖南省作家协会会员。出版有诗集《盲流》、小说集《通缉令发出之前》《沧桑》《经典古诗鉴赏》、散文集《生命的轨迹》等。

清明祭

枯枝、篙草、黄土地
被春雨和南风唤醒
在草长莺飞的时节
迎来缅怀亲情的人们

白花，素果，缭绕的香烛
是祭奠的主打歌
听不到哭泣和叹息
思念已经成为一种习惯

世界上也有虚假
人们难免会在人前说鬼话
唯独这个季节
许多人对着鬼说人话

祭吧，祭吧
不管是传统还是有心怀念
百年以后的你我
都是青草抚摸的对象

赏析

在微信群里认识了周廖玲，最初我给她寄了一本《武陵文化》，后来发现她的诗画都好，就跟她约稿发表了一组诗，配发了她的彩照和画作。至此我俩还未见面。

记得猴年末在一次文友聚会上，我和廖玲见面了。她清秀高雅，两眼透射出画家和诗人的气质。

她的诗画俱佳，我尤其喜欢她的《清明祭》，此诗展示了她的诗风和才华。“世界上也有虚假/人们难免会在人前说鬼话/唯独这个季节/许多人对着鬼说人话”“祭吧，祭吧/不管是传统还是有心怀念/百年以后的你我/都是青草抚摸的对象”。她写别人未写过的句子，说别人未说过的话，多少年后，也许我们忘记了诗和作者，而诗中一两句话还能记住。

（何先培）

何先培简介：

何先培，湖南省溆浦人，作家、资深编辑。先后在《人民文学》《人民日报》《诗刊》《文汇报》《羊城晚报》等报刊发表60多篇散文、随笔、报告文学，获《人民文学》《人民日报》《大地》等征文奖。现任《武陵文化》副主编、《溆水河》执行主编。

踏　青

三月泛起的淡草绿
总是把泥土的体香掀揭开来
然后惹得大大小小的花
怀了一个艳丽的春梦

趁着鸟儿低语、溪水欢歌时
吐露心事

我也有心事
我想在春雨中珍藏树的泪痕
想在柔风中听懂鸟的表白
想在春光明媚里看花幻彩的容颜
想在路上寻找她走过的痕迹

我一直走不出这个季节
这个播种梦想的季节
相思成灾的季节
离别成殇的季节

其实，只要我一转身
也成为一个带春色的季节

赏　析

廖玲的这首《踏青》构思奇特而巧妙，展示了诗的智慧。

首先，诗的题目《踏青》就非常富有意味，富于内涵与张力。踏青，既可以是春天的出游赏春，又蕴含着中华民族传统民俗的挂青。前者是美好的，而后者则是悲悼与感伤的。

其次，诗的内容也沿着诗题所暗示的思路一路走下去。一方面它向读者展示了春天体内的芳香，春之艳丽的梦，春之美好的鸟儿低语、溪水欢歌、明媚的春光，显露了“踏青”的第一重内涵。而那些“我”的心事、春雨中珍藏树的泪痕、鸟的表白、寻找她走过的痕迹、相思成灾的季节、离别成殇的季节则揭示了诗歌深层的内涵：挂青、悼念、追思、离别、感伤、悲哀、凄楚、悲凉。这才是作者真正要表达的情思，而前面的春之美好景象描写只不过是对后者的反衬，是一种真正诗意翻转的背景而已。诗的题材抓得很好，内容表达十分准确，最妙的是它奇特的构思。

我一直认为诗歌必须是智慧的、新颖而奇特的，不然就失去了诗性，而没有诗性的诗是不能称之为诗的。因之，《踏青》是一首真正的好诗。

（刘忠阳）

刘忠阳简介：

刘忠阳，笔名刘戈，1955年9月出生，湖南宁乡人，1981年毕业于湖南师大中文系。怀化学院中文系教授。中国美学家协会会员，中国古典文学研究会会员，中国道家研究会会员，中国《西游记》研究会会员，中国寓言研究会会员，湖南省作家协会会员。出版学术著作四部，散文集一部。在国家、省、市级刊物上发表论文82篇。

七月采得莲蓬归

处暑之后，荷风识秋
寻寻觅觅一路中
岁月不知愁

款款莲步，丝带娇羞
微微弱弱一笑里
与君欢度

轻声唤，频颔首
荷叶随风舞，莲蓬雄赳赳
聚焦“一叶一春秋”

天有比翼，地有连枝
七月采得莲蓬归
此生无憾无忧

赏 析

初识周姐姐是在一个QQ群里，习惯叫姐姐，是因她的美好、知性，而又多才华。她的诗一直以独具思想及人格魅力展现在各网络平台和纸媒。

周姐姐的确像一朵莲绽放在人间，温婉如玉。有诗曰“款款莲步，丝带娇羞”，如此古典的美人跃然诗词间。“荷叶随风舞，莲蓬雄赳赳”，借物喻人，立意更深远，表情达意更含蓄，增强了此诗的表现力和感染力。

这首诗构思巧妙。“一叶一春秋”，人生多么短暂，相见难别亦难，何不趁着七月，采得莲蓬满载归。“天有比翼，地有莲枝”，作者美好的心思、心愿，得以最完美的呈现。我仿佛看见周姐姐采着莲蓬归来，带着无憾无忧的美丽心情！

此诗简洁、明朗，清雅如风。

（桂玲莉）

桂玲莉简介：

桂玲莉，安徽大别山人，定居上海。喜欢以文会友，闲时无忧写字。

向秋天借一束阳光

白露为霜，暮霭轻柔
在南方葡萄沟
我心旷神怡
该来的尽管来着
比如阳光、果实，还有喜悦的心情
都眷顾这个周末

葡萄架下是农夫写满的诗篇
一串串词汇
或长或短
那密密麻麻的信封
装着日夜思念

就像心情
葡萄架下也有暗面
我们只有向秋天借一束阳光
便会成熟起来
收获自己
温暖整个冬天

赏 析

我认识周廖玲老师是从加入一个文友微信群开始的，她的微信名叫“周女人”。看她的朋友圈，是一种享受，她经常晒她的作品，一是画，二是诗，正如她的名字，女人味很浓。后来搞一次群活动，是去一个叫黄溪的古村采风，才目睹了她的芳容，着一袭旗袍，温文尔雅，如诗如画，恰似《雨巷》中的丁香姑娘。

周廖玲的诗，含蓄、深刻、新颖、励志。写情，情真真意切切；励志，满满都是正能量。《向秋天借一束阳光》就是代表作之一，通常写秋，一般都写秋的荒凉、寒意，或秋实、丰收。廖玲老师的这首诗，虽是写秋实，写丰收，但手法含蓄、新颖，“葡萄架下是农夫写满的诗篇/一串串词汇/或长或短/那密密麻麻的信封/装着日夜思念”。诗人眼里的葡萄，就是诗篇、词汇、长短句，包装纸袋就是一个个“密密麻麻的信封”，里面装着满满的“思念”。诗人的情怀是温暖的，怜农、惜农、爱农，“葡萄架下也有暗面/我们只有向秋天借一束阳光/便会成熟起来/收获自己/温暖整个冬天”，充分体现了诗人的人文情怀。

我是真的特别喜欢廖玲老师的这首诗！

（亦乐）

亦乐简介：

亦乐，本名张中伟，系湖南省诗歌学会会员、怀化市作协会员、雪峰文化研究会会员。诗歌散见于《中国文化报》《湖南工人报》《湖南女报》《长沙晚报》《怀化日报》《边城晚报》《湖南文化》《检察风云》《关雎爱情诗》《怀化文学》《雪峰文化》《雪峰诗刊》等报刊。诗观：生活即是诗，过诗意生活。

以秋的名义问候你

清晨，来一点薄雾
正午，来一场烈日
夜幕，来一股凉风
我以秋的名义问候你
别来无恙

远处，稻谷黄了
近处，果蔬熟了
心里，桂花香了
我以秋的名义问候你
快乐安康

城市，再热闹一点
乡村，再淳朴一点
天安门的上空再蔚蓝一点
我以秋的名义问候你
如意吉祥

站在九百六十万平方公里的土地上
听长江和黄河歌唱
祖国呀

我以秋的名义问候你
愿你万寿无疆

赏 析

很幸运，能认识周姐姐，也因此可读到其诗。

清晨，读着《以秋在名义问候你》，思绪跟随着一句句轻柔细腻而又透着一股强大力量的诗句，一幅幅生动画面映入眼帘，犹如一扇窗被打开。

从清晨、正午至夜幕；从远处、近处至心里；从城市、乡村至天安门。我们仿佛来到天安门广场，瞭望着祖国大好河山，眼前展现一幅生机勃勃、繁荣昌盛的景象。

在国庆时节，作者借着“秋”这个收获的季节，表达对美好生活的向往，对祖国的热爱之情，及对祖国的美好祝愿。

（邱玲）

邱玲简介：

邱玲，女，汉族，湖南娄底人，自由设计师，从事设计工作十多年，喜爱传统手工艺术，现做传统彩灯设计工作，并且不断探索传统手工印染工艺。

中秋，是一份乡愁

我决定要回去了
回去把母亲日盼夜盼的月点亮
把父亲日思夜想的酒启开
把逝去的奶奶的祈福
从饼儿划开又合拢
把记忆里儿时月光下的秋千
荡出又荡回

我决定要回去了
乡村路弥漫着亲情
曲曲折折是母亲的挂念
坑坑洼洼是父亲的叮咛
还有那条黑狗在院里叫的呀
全是问候

我决定要回去了
像少年时期上学后回到家
把成长的饥饿填饱
像青年时期参加工作后
把乡愁拉长
像现在，总想看一下

被岁月釉上古铜色的父母

中秋，是一份乡愁
浓郁醇厚
在回归的旅途中占满心绪
愿一路平安
能望一眼家乡月
能闻一闻家乡土

赏　析

德国哲学家马丁·海德格尔说:“诗人的天职是怀乡。”在日益变迁的当代，故乡在消失，乡愁也正在消失，而周廖玲的《中秋，是一份乡愁》正是在这样的大背景下诞生的。乡愁渐渐演变在传统的节日里，而传统佳节——中秋，就是这一乡愁文化的最为厚重的载体。

本诗以“我决定要回去了”开篇，回去做什么呢?“把母亲日盼夜盼的月点亮/把父亲日思夜想的酒启开”，形象生动；故乡的路是什么样呢?“曲曲折折是母亲的挂念/坑坑洼洼是父亲的叮咛”，自然而亲切，尽是诗家之语。一切诗语皆情语，情在质朴的文字中流淌，动人心扉，使人身临其境，感同身受，仿佛是自己的乡愁、自己的惆怅。

“把乡愁拉长/像现在，总想看一下/被岁月釉上古铜色的父母”，乡愁成了别样的牵挂，成了中秋的一份记忆，故能成为每一个游子之心声——“能望一眼家乡月/能闻一闻家乡土”。由此可见，周廖玲的文字是有力量的，有冲击力的。读罢《中秋，是一份乡愁》，我突然想起了一句诗：“飞得再高再远，我还是那只风筝，线的那头永远系着乡愁。”顿时，泪如雨下。

（周拥军）

周拥军简介：

周拥军，男，土家族，笔名海俊，字共和，号柴桑，别号同梦。1977年4月生，湖南张家界桑植人。出版有长篇小说《想飞的鸟》《湘西侠客记》、诗词集《柴桑诗稿》、诗词理论专著《学诗快速入门120问》、中篇小说集《饥饿爱情》。

浅 秋

清清碧空、淡淡烟云
我在田埂上漫步
望一垄垄刚成熟的稻子
随风起舞

鸭儿轻语，鸡儿慢歌
我打量庭前屋后
池鱼塘在果树下
展开绿波

一串红正浓，紫薇正艳
我沏一杯茶
思冬，念春，品夏。只剩秋
浅浅过

赏　析

细品《浅秋》，把身在异乡的我，强行拉回了故乡之秋里。在这丹青的泼墨里，先描出高空清淡；然后是稻子成浪，鸡鸭富足，池鱼肥美，果树丰硕；最后是自然环保，简约清纯。作者把烦琐的农事用这简单的食物链呈现出来，质朴，自然。

“独坐黄昏谁是伴？紫薇花对紫薇郎。”对茶品诗意，深知作者诗画自一家，在这繁华浮躁的社会，难得遇见有如此懂得养生的人。

(周佑明)

周佑明简介：

周佑明，出生于湖南省湘西农村，早些年做过制衣、五金、印刷等制造业务，后期以物业管理、家政服务为主。

放牧一枚中秋月

我像一只单身狗
又像一只流浪猫
更像一只花蝴蝶
我把自己放养在大自然
风雨中
没心没肺地这儿疯那儿癫

中秋的早晨
有人把幸福晒成了孤独
突然间我什么都没有了
茫然自问，用什么过节呢
好吧，打包回家
老人家肯定会收留

老爸新摘的橘子有点酸
老妈刚蒸的桐叶粑总那么甜
姐捣碎的山核桃很脆
我左手拿橘子右手拿粑粑
嘴里嚼着他们给的幸福
在一桌子菜面前
我喝了半碗酒就放肆起来

把鸡骨头给老爸的爱犬
还放猪耳朵、辣椒、米饭
它都吃了
“它聪明，知道人吃的东西不毒它”
老爸这话有哲理
跟小女孩写的诗一个味

另一碗酒被我一饮而尽
我愿意就这样醉了
把自己放养那么久
还不如老人和小孩的心态
你说该不该罚
醉就醉吧，我今天要醉成一轮明月
亮在他们的心里

赏　析

《放牧一枚中秋月》是诗人周廖玲2016年在“大美芷江”公众电子平台发表的一首同题诗。“我像一只单身狗/又像一只流浪猫/更像一只花蝴蝶/我把自己放养在大自然/风雨中/没心没肺地这儿疯那儿癫”，一开头即用揶揄的直白将自己的故事说出。白描式的述事，牵出情丝万缕。“它聪明，知道人吃的东西不毒它”，借“老爸”的口吻暗示生活哲理，让教条变得亲切亲近。“明月四时有，何事喜中秋”，这是南宋京镗在《水调歌头》里替大家追问的。周廖玲能够把浪漫情怀内敛地收起，拥有一份“寸心原不大，容得许多香”的缄默心境。“把自己放养那么久/还不如老人和小孩的心态/你说该不该罚/醉就醉吧，我今天要醉成一轮明月/亮在他们的心里”，怀化学院中文系教授刘忠阳称这几句为点睛之笔，自有其道理。月用一只眼观照世界，世界用千万只眼仰望月，这天空的伤口，怕只是用时间方能愈合。周廖玲毕业于怀化学院美术系，她的诗是具有色彩和光感的。想到大画家黄永玉在其《这些忧郁的碎屑》一文中对钢琴家霍洛维兹演奏如是描述：“这老头不管奏出什么声音，神色都从容安详。他在音乐之外。十个小精灵在黑白琴键上放肆地来回奔跑追逐。他是个老精灵，是十个小精灵的牧者。”又想起诗仙李白，月作为其诗歌里的重要标签，亘古且高远，朦胧且清晰。“今人不见古时月，今月曾经照古人”，“美人卷珠帘，深坐颦蛾眉。但见泪痕湿，不知心恨谁”。且不谈与太白共饮对酌，无疑周廖玲的诗同样是被月光爱抚出来的。

（杨卫民）

这个秋夜有点凉

有画友开始画桂花了
那股幽香
穿透纸背向我飘来
夹杂着雨丝
夹杂着凉风
夹杂着一个问候

紫罗兰正浓
三角梅正艳
竹叶正青
秋夜
正好把思念上演

远方的远方
一片迷茫
未来的未来
一团困惑
只知道中秋的桂花要开了
深秋要来了
秋夜慢慢转凉了

赏 析

品读周廖玲女士的诗歌《这个秋夜有点凉》，感觉桂香盈袖，思念绵长。

此诗虽然短小，但凝聚了作者巧妙的构思，充分展现了诗歌唯美的画面感、强大的意象扩张力，带给读者无限的想象空间和厚重的留白。

周廖玲是一个空灵的画者，也是一个深情的诗者。《这个秋夜有点凉》就真切地体现了她“诗中有画、画中有诗”的风格特征。

此诗从画布中的桂花入手，引出现实生活中桂树飘来的幽香，恬静淡雅，韵味悠长。再以“雨丝”“凉风”切入情感主线，轻柔的“问候”之中，让人感觉到一种哀婉的凄美、淡淡的忧伤。接着作者用“紫罗兰”“三角梅”“竹叶正青”来烘托，终于在情感的高潮之处，推出和点亮了主题：秋夜的思念。周廖玲在诗的后半部分，用她的画笔浓墨重彩，尽情渲染。她用叠唱手法，写追求“远方的远方”的那份“迷茫”，写向往“未来的未来”的那份“困惑”，使读者产生强烈的共鸣。最后，作者一唱三叹，中秋的桂花、深秋的来临、秋夜的转凉，把她的思念用三帧画面、三层意象淋漓尽致地展现出来。没有多余的话语，都是心底的思念。

一番秋凉，一抹桂香。细细品味周廖玲女士的《这个秋夜有点凉》，让人感觉到：思念一个人是美好的，思念一份情是美妙的。从古至今，多少文人墨客不都是在淡淡的喜悦、淡淡的忧伤中得到审美的愉悦吗？今天，你和我再次心领神会，与诗共鸣！

（宏翔）

宏翔简介：

宏翔，原名丁宏翔，男，1962年出生，籍贯湖南沅陵。在洪江古商城生长，大学中文系毕业，从事教育工作36年，现在湖南省怀化市委党校工作。怀化市作家协会会员。20世纪80年代末开始发表作品，有诗歌散见于国家、省、市级报刊。当今微刊平台的网红诗人，其现代抒情诗深受读者喜爱。

遗忘，在秋分时刻

让这一缕阳光来最后一次热烈
让这次吻
把夏天的泪水吸干
变成秋后的白霜

这个秋
与风月无关了
这个秋
与词汇无关了
这个秋
确切地说与我无关了

我还是那个女巫
带着盲点
举着拐杖
把心一寸一寸地撕开
让秋分的风
遗忘

赏　析

我从来就认为一读就懂的诗算不上好诗，但永远都读不懂的诗也不是好诗。在怀化的中青年诗人中，我喜欢女诗人周廖玲的诗，喜欢她诗中那种奇妙的感觉，简洁而精练的语言，却能让我产生韵味悠长的情感体验。这种丰富的情感体验，让我体味到一种无以言说的精神。

细读这首诗，内心备受触动，就萌生了要写一点随感的念头。本诗短短的三个段落，十六行的诗句，读后却能让人感受到一种隐隐的痛，那种痛，会不由自主地让心揪紧。诗人运用淡然舒缓的语言，看似漫不经心的叙述，却收到一种出其不意的效果。也就是艺术所强调的留白，这种留白给读者以广阔的想象空间，会让你随着诗人的笔触去暗自思忖，去想象。“让这次吻/把夏天的泪水吸干/变成秋后的白霜”，诗人用“秋后的白霜”这一意象，围绕“让这次吻”进行深度意象的营造和挖掘，读到这里，心再次被震撼了。这些浸透着理性、血性，又不乏诗意的简洁的文字，在读完之后，总会让人感觉到余音缭绕，似乎有一种回音，能够驱使你去静静聆听，我想，这就是来自灵魂深处的声音。

品读诗歌，就要学会聆听，试着走进诗歌的内核，倾听作者用诗句向读者传达的隐秘的、来自灵魂深处的声音，有声或无声的声音。“带着盲点/举着拐杖/把心一寸一寸地撕开/让秋分的风/遗忘”，无论是伤痕累累，还是已经遗忘，都会带给读者内心的那份感受，或者是感悟。

（卢重知）

卢重知简介：

卢重知，曾用名卢爱民，湖南知名作家、记者。2011至2017年度全国企业文化先进工作者，全国新闻报刊十佳杰出总编辑，全国十佳优秀驻地记者。读高中时开始文学创作，先后在全国各级报刊发表小说、诗歌、散文1800多篇，主要作品集有中篇小说集《爱才美丽》、散文集《三月三》《乡韵》、诗歌集《星星湖》《心韵》《山韵》。

秋夜，在冰花画室听曲

古城的夜并不安静
喧闹一角处有你敞开的红门
室内有一幅画，传出
满屋子琵琶之声
以及，你的轻言细语

满墙荷塘凋谢
凋谢不了琵琶声声
淡雅萦绕在你我之间
你拨弦成曲
我用文字轻描浅叙

清瘦的还有荷的身影
淡定的却不只是我的心境
所有柔情的眼神
洒在琴弦上
破译出你的风光

赏 析

你来，
一身青花旗袍
月光里的荷塘如梦一般
来到了我的画中
古城在浅浅的醉意里
等待了千年
时光里的你
或是清风拂来的一缕幽香

听
画里琵琶声起
拨动了谁的相思语
一袭青衫
你寻寻觅觅

（李冰花）

李冰花简介：

李冰花，女，毕业于怀化学院，湖南省美术家协会会员，湖南省青年美协会员，洪江市美协主席。

冬　至

雪藏起来了
露藏起来了
云烟飘起来了
太阳堂而皇之地来了
冬至就这样慢条斯理地来了

红薯进了屋
橘子进了店
梅枝升了腰
秋菊坚守着山坡
冬笋开始松动土壤

我就站在冬至的地盘
欣赏着这一切
心豁然欢喜了

这样的日子适合约会
约老朋友、新朋友
约女朋友、男朋友
甚至
把今天的主角——冬至一起约上

用沅江水煮一锅饺子
日子就这样沸腾了

赏　析

冬至是一个美丽节气，也是一个令诗人疼痛的节气。面对一本冬日的书卷，诗人的心、诗人的脑、诗人放纵的思想，和着文字纠葛纷扰。诗人小心翼翼地把相思藏好，把茶煮沸，把心灵的大门打开，安放所有到来的柔情蜜意，安放冷寂中绽放的句子。

冬至，诗人血脉里飞翔着季节的神灵，目光中飘逸着蒹葭苍苍，笔墨上流淌着沅水奔腾不息、抑扬顿挫的汁液，文字内灌注了雪峰山流年如花、小鸟依人的情怀。

时光潋滟，在冬至时节行走，刚好可以约会一场，与烟雨阡陌，与水韵江渚。

只有年年如斯的饺子，包裹着曾经的地老天荒，叫齐所有寒凉，为一首诗注入热量。

周廖玲纯净温柔，在创作上的勤奋有目共睹。她一路前行，一路向诗歌发出会心的微笑，“却顾所来径，苍苍横翠微”。

（曾庆平）

曾庆平简介：

曾庆平，现供职于湖南省洪江市文联。杂志编辑，自由撰稿人。

小 雪

立冬后
小雪就跟着来了
在严风冷雨中，在阴霾里
偶尔，带着暖阳

我在南方，小雪无雪
红枫还穿着嫁衣
黄菊仍抹着浓妆
远山如同我的青丝不肯泛白

我知道。雪，就藏在云端
藏在某个雨后的露珠中
藏在那个相思夜
藏在一盅茶的等候

赏 析

“感时花溅泪，恨别鸟惊心”，这是唐人的多情。而《小雪》的作者周廖玲，对时节变换，与古人有着同样的善感。

“我在南方，小雪无雪”，表面传达自然真实，实则指相思。只要一想到你，满目俱是你的影子。“雪，就藏在云端”，在“露珠”“夜”“茶”中。雪是诗人的“白马王子”，美好情愫的化身。

诗人运用拟人化手法，诗品境界立显，超越世俗，高出一格。

（钟生钦）

钟生钦简介：

钟生钦，男，湖南省辰溪人，公务员，怀化市作协会员。

大 雪

雪，至今无影无踪
怕是去了北国
在南方留下一个空巢
让二十四节气气血失调
没有霜花，没有冰晶
有的是十月红枫

大雪
成为一个纠结的日子
船泊在岸边
没有客来、没有客往
裸石数着风雨
趁岸边炊烟燃起
煮江水似酒
静候一个如雪之人
款款而至

赏析

大雪，是二十四节气之一。在湘西南部，“大雪”这一天并不见一点雪的影子，天空灰沉，似乎有雨，也似乎是为落雪铺设环境。我、羊临萌、周廖玲、曾庆平几人在来安江的路上，看到沿途仍然像秋天的景致，一时来了雅兴，说要组织大家来一次《大雪》同题诗文。没想到，在回程的路上，周廖玲就把诗发出来了。

我认识廖玲老师的时间不长，就两年时间，后来见面渐渐地多起来，是被她的才情所吸引。她在繁重的乡村教育工作之余，沉迷于诗书画，创作颇丰，样样在行。其诗，睿智、深邃，富于想象，也接地气，“让二十四节气气血失调”影射出全球气候变暖，季节更替紊乱，人类生存环境越来越恶劣，发人深省。人类这一重大课题，用诗化的语言再现，生动形象，振聋发聩，文人情怀是也。等“如雪之人”，款款而至，愿“煮江水似酒”静候，颇有诗情画意，咀嚼三味！

（张锡文）

张锡文简介：

张锡文，男，洪江市文联主席，湖南省书法家和摄影家协会会员，怀化市书法家协会副主席。

关于诗歌

打落的是牙，撕裂的是心
有一句没一句的
是断断续续的喘息

这种心情极像女人
华丽修饰的也好，如散文分行的也罢
甚至是有人走得支离破碎
那都是肉身

你喜不喜欢都不重要
重要的是这个写诗歌的人是否还活着
或者是活在某些人的心里
不然，就像一篇聊斋
全是鬼话

赏　析

认识周廖玲老师已经半年了，然而对于周老师的诗作尚未一一拜读。今天看到她的《关于诗歌》，的确与众不同。

诗的第一部分是三行：打落的是牙，撕裂的是心/有一句没一句的/是断断续续的喘息。表面上看，诗人开笔很突兀，实际上这样直接地切入可以省略许多琐碎的叙述，使文字更简洁凝练。这三行诗作者不是直抒胸臆，而是运用鲜明的几个意象来阐述诗歌创作过程的艰辛，可以说，很多佳作都是熬出来的。

第二部分是四行：这种心情极像女人/华丽修饰的也好，如散文分行的也罢/甚至是有人走得支离破碎/那都是肉身。这四行列举了当今诗坛的种种形式，然而作者并不简单地认定谁优谁劣，只是做了一些暗示，让读者在品味之中自己有所领悟。“那都是肉身”这个句子融入了作者全部的情感与奇妙的想象，从中可以窥见作者具有诗者灵性的想象力和轻巧地驾驭语言的独到技能。

诗的第三部分是五行：你喜不喜欢都不重要/重要的是这个写诗歌的人是否还活着/或者是活在某些人的心里/不然，就像一篇聊斋/全是鬼话。这五行和盘托出作者对诗歌创作价值的观点。关于诗歌价值的认定，中国诗坛自“五四”新文化运动以来涌现出各种思潮，往往仁者见仁，智者见智，众说纷纭，莫衷一是。真理是：N年后，作者走了，但他并没有被读者遗忘！周老师的见解如拨云见日，清晰地表达了诗歌创作的价值在于以积极健康的人生态度，写出能够感染人们内心，引导人们走向未来的充满正能量的作品，并且要经得起时间的检验。

综上所述，周老师的这首《关于诗歌》，想象奇特，意象鲜明，见解新颖而深刻，三节之间层层递进，推波助澜，语言简洁凝练，构思匠心独运，是诗歌里的佳作。

（刘松林）

刘松林简介：

刘松林，湖南溆浦人。曾在广州市创办欣愿艺术培训中心。爱好诗歌，已在全国纸刊及电子期刊发表作品80余篇。

写诗的女人

她是多产的母亲
只见生儿，不见怀孕

孤独是她的丈夫，笔杆是她的情人
她裸奔在两者之间

来不及海誓山盟，就已经沧海桑田
来不及临盆，就已子孙万千

那个写诗的女人呀
为了何事，心甘情愿

赏 析

《写诗的女人》这首短诗，在清澈、豁然、隐忍、节制间，努力彰显人世永恒的女性之美。其美具体表现为如下三个方面：第一小节，借母亲的“多产”，讴歌母亲是新生生命的源泉，是人世繁衍得以延续的支柱，无疑，母亲是人类文明的寄寓之所；第二小节，突出母亲在孤独、疾苦与辛劳中“裸奔”，语言不多，惜墨如金，却彰显了母亲无私的奉献，母爱之美，历历在目；第三小节，突然转笔，从另一个侧面，用“来不及海誓山盟”，就“沧海桑田”，间接叙述了母亲的淳朴、善良、温婉的秉性，让我们看到母亲呵护生命成长和壮大，自己却从来不求回报，这份美博大无边；第四小节，作者直抒胸臆，以女性独有的视角，不论何事何物、何时何地，当我们不安宁的心灵需要安慰和归宿的时候，母亲就在我们身旁，“心甘情愿”，鞠躬尽瘁，这份母爱直插心灵。作者通过这样描写，表达了“写诗的女人”如何去呵护、爱护自己的“诗宝宝”。

诗歌，不能太隐晦，否则让人如坠雾里，同时，也不能太浅显，否则让人一眼就把窟窿看“穿”，了无趣味。因此，我觉得这首诗歌，能够用有限的诗句表达自己力所能及的感情，很好！

（谌凤山）

谌凤山简介：

谌凤山，供职于湖南省怀化市洪江区教育研究室。在省级报刊发表文学作品多篇，在全国核心期刊发表教育教学论文数十篇。总觉得以文字为生不容易，但在文字中，总能寻到心灵的快乐。

诗歌除外

我醉了
醉在高考时宴客的傍晚
醉在众人说的高考作文
“诗歌除外”

一桌的佳肴。酒，或可缺
但是，再美味也只是充饥而已
一桌的食客。小孩，不必上
请问，若没有孩子，人间哪里还有希望

高考，作文要求“诗歌除外”
这是什么逻辑
噢！——岂有此理
难不成，诗歌也成了狗肉

生活，本该有滋有味
怎可以缺酒，缺小孩，缺狗肉
拟写“诗歌除外”的人
肯定不食人间烟火

赏　析

偶读周廖玲女士的《诗歌除外》，有了写一点什么的冲动。

我对诗狂热过，读书时用诗抒情、失恋时用诗疗伤、开心时用诗下酒，诗真是好东西，让我的生活有了寄托、有了精彩、有了希望。

可是，偏偏有人把诗歌当成上不得席面的狗肉，使劲打压。但有用吗？“白雪压青松，青松挺且直。”诗歌依旧是宴席上的一道时令小鲜，让人满口生津。

我，永远喜欢诗意地歌唱。

（焦玫）

焦玫简介：

焦玫，男，苗族，1966年出生，湖南麻阳人。湖南省作家协会会员、怀化市摄影家协会会员，毛泽东文学院第九期作家研讨班学员。出版有散文集《在路上》、诗集《诗意地生活》，主编文学作品集《长河人》。其文章、摄影作品散见于国内报刊，作品多次入选国内公开出版的各种选本。

不要羡慕诗人

不知道是睡了？还是醒来
只有文字和她相伴
时而呓语
在无人的时候
把情绪撕开，又缝补

间或有点呆，有点傻
还有点痴迷
这辈子欠缺与他人的交流
所以就喃喃自语
把自己囚禁，又释放

注定是孤独的
怎么走都挣脱不了自己的枷锁
不要羡慕诗人
人间冷暖
是她把悲欢重新装饰了一遍

赏　析

当我们在学生时代的课本上接触到诗歌时，“诗人”这头衔，多么让人敬仰和羡慕。这群驾驭着文字的缪斯，驰骋于诗歌的伊甸园，占据着灵魂的高地。而当自己也通过努力，去摘取了“诗人”这一桂冠时，才发现耕耘文字并不是想象中的惬意。

周廖玲这首现代诗《不要羡慕诗人》，用平实的语言，带读者进入诗人的内心。诗人都有一颗敏感之心，因为这份敏感，对人间事都有过于常人的洞察力。诗歌的第一段告诉读者，诗歌的创作过程就是对心情做一次手术，用文字“把情绪撕开，又缝补”。也因为对文字的喜欢和敬畏，诗人往往把自己囚禁于文字里，缺失了和人交流的能力，看起来有点孤独和痴傻。

作者告诉大家“不要羡慕诗人”，让我们读到了诗人有一种无奈却又痴迷的矛盾心理。诗人对世间的所有事物都怀有敏感心、好奇心、敬畏心，对身边的人和物都感到美好，会触景生情，也会触景伤怀。

感谢廖玲把诗人的精神状态解剖，让我们看到一个诗人的另一面。

（罗睿）

罗睿简介：

罗睿，男，湖南新化人。诗歌爱好者。

致谢语

冬去春来，从开始有这个设想到诗稿的整理，以及请朋友们评论和选题申报，直到最后能出版，这个过程历时近两年。现在，《周廖玲诗选》能与读者见面，真的很不容易。

我要感谢宁炜为我写序，其实最初我与宁炜先生并不相识，是由朋友介绍通过加微信才认识的，在与他沟通我创作这些诗歌的初衷、情怀，以及我为什么要找不同年龄、不同地域、不同职位、不同阅历、不同文化层次的人来评论后，宁炜先生不仅用一个月时间看完了所有诗稿，还为我写出了序言。记得当时，有部分好友提醒我，为何不请“著名的评论家”写序？我想，大多数著书者都有些相似的患得患失的经历吧。因此，我坚信自己的决定：给我写序的这个人必须是“愿意读懂我、在诗歌中与我产生共鸣、能让我有信任感的人”！这和人们追求名牌和时尚一个道理，适合自己的，才是最好的！

其次要感谢杨岩清、杨志成、夏卫平等朋友和胡林老师给我拍摄的一些照片。这些照片是我此生中最美好的回忆，是你们把美好的生活片段定格在时光隧道中，若干年后我们再翻开诗集，恍若昨天！

感谢后面负责为我出版的赵庆君先生，此书是自费出版，因为经费问题和版权问题，先后找了几家出版社，是他的耐心和诚恳，使这部诗集能顺利出版！

最后我要真诚而隆重地感谢评论我诗歌的姚筱琼、刘际云、范文胜、木兰、孙军岗、陈仁、邓立辉、杨付英、向开光、胡林等师友。是你们的帮助，使我的这个设想得以圆满成功；是你们的帮助，为以后更多的阅读者开启了新的思维模式。面对一部文学作品，一个读者就是一个哈姆雷特，一百个读者就是一百个哈姆雷特。你们的赏析，就是这个百分之一，千分之一，甚至是万分之一。在未来的生活中，如果能让更多的不同地域、不同年龄阶段、不同行业、不同文化层次的人都来了解诗歌、欣赏诗歌、肯定诗歌，你们功不可没！

周廖玲

2019年6月

下篇：青春适合怀念

第一章　最美还是初相识

青春，适合怀念

露一点，衣服还可以再露一点
裤子也可以在膝盖剪出洞来
穿鞋可以不用袜子

用手一撩刘海，让目光抬高一点
把嘴角提一提
便知道那个人是谁

我看到了曾经的自己
看到了希望
这个自信是为未来准备的

刘海可以修了再留
衣裤可以剪开又补
而我却无法用手挥去额头的纹理

一群姑娘和小伙在我身后跟着
我快速行走。终于明白
原来，青春还适合用来怀念

我要飞翔

我要飞翔
去广阔碧蓝的天上
在一个遥远的小山庄
那是我热恋的故乡
我常想能去看望

故乡有养育我的爹娘
有纯朴美丽的姐妹
有敦厚勤劳的兄弟
故乡有我许多美丽的向往
使我天真烂漫地成长

我是一个游子
漂泊在外
呵！我要飞翔
自由自在地像鸟儿一样
回到母亲的身旁

叠

如豆的灯下
静立一只纸鹤

昨日，灯下的你
折折叠叠
如此认真，如此执着
折折叠叠的心情
是否也有
折折叠叠的思绪

叠纸鹤的人
却只是反复地折叠
从未说起
一只纸鹤能表达什么

感动的时光

为我留下来
在白天找来晨露
在黑夜唤出星辰
为我哼句曲
在寂寥无助的日子

人，不是永远被感动
感动的时光
却成为你一生不灭的印记
纵是眼中湿润了
还能看到灿烂的笑靥

那份激动在泪中旋转
手中的温度
不仅仅只是一种慰藉
心灵的触及
真情。罕见

别

决定走了，离别时
为何要频频回首
在你的视域里
我成了一幅凝重的画

雨落在地上，泪流入心中
那是恋人的心
还哼那首歌么
现实。凄凉

岁月老了，感情不老
想爱的爱不了
想忘的忘不掉
总有一串淌血的音符在跳跃

别说！你想要说的
芸芸众生中或是有缘
眷恋而期盼的眼眸
不会是亘古的谎言

号 角

号角响起时天还没亮
号角从黑暗走来
吹响夜空，迎来曙光

号角！是孩子的起床令
起床、洗漱、跑步、晨读
长辈们要他在知识的海洋里寻找力量

号角！是家庭主妇的工作哨
锅碗瓢盆开始交响
咸的、酸的、苦的、辣的
演奏着人们的喜怒哀乐

号角！是每一个工作者的生物钟
睁开双眼思索“今天该干什么”
坚持重复着一件事
过去、现在、未来

号角！是我的警示铃
又是一昼夜的交替
时光就这样慢慢离开了我

其实，催醒我们的不是号角
是存在我们骨子里的梦想

远去了的你

再见你时
是在梦境里

不论是高声笑语
还是低声嬉戏
却总是若即若离

千百年的缘分
也许没能修起
要不
我定能成为你的美丽

曾经的悲欢离合
只因为你已远去
既然是永不能相见
为何
还要在梦中相遇

人生如若初见

那一季的杜鹃，如诗如画
醉满山崖
有粉的、白的、血红的
犹如你、我、她
转角处。初遇
惊艳整个晚霞

凉风削了你的棱角
暴雨洗了你的容貌
阳光却一直照耀在你心间

去的去了，来的来着
灿烂了时光的
总是初相识的那枝花
人生如若初见
时时是美景，无处不芳华

想你，在初夏的夜晚

想你，在初夏的夜晚
夜，寂静得能听到远方农家的犬吠
汪、汪汪、汪汪汪……
是谁惊醒了它们的清静
难道是远方游人的心灵回归

想你，在初夏的夜晚
夜，寂静得能听到田间的蛙鸣蟀唱
呱呱呱……叽叽叽……
是谁淡忘了它们的欢愉
怎么不让人忆起缠绵的对白

想你，在初夏的夜晚
夜，寂静得能催开窗台旁含苞欲放的栀子
一朵、二朵、三朵，直到整株
是谁嗅到了它的芬芳
能否想起很多年前我为你装点的一室洁白

想你，在初夏的夜晚
夜，寂静得能让整个星空黯然失色
唯有清风与我相伴

是谁掠走了星空的光彩
难道只为在七夕满天银河的相聚

想你，在初夏的夜晚
夜，使我忘了自己是谁
像一座空城——晚风吹拂着幔纱飘呀飘
想念是幸福也是辛苦
这样的想念，你可曾有

梦里花落知多少

你带着春光来了
萌动的生命开始播种
生根、发芽
羞涩的桃花
开满整个心园
轻一点
不要惊动黛玉的花锄

你淋着夏雨来了
各种绿是你青春的色彩
热情、奔放
蛙声闹过的荷塘
落满片片馨香
喊一声
便打落在李清照的诗册

你乘着秋风来了
满山地追逐着丰收和衰落
惊艳、叹息
缀满硕果的枝头
展览着你枯黄的肌肤

要多少个月圆
才表达苏轼的“千里共婵娟”

你随着冬雪来了
用冷酷伪装着自己
默然、消失
来过这世界却不留一丝痕迹
让我在风中站立成这独特身躯
细一看
原来是妙玉手里的梅枝

来了，走了
来去之间多少风景
销魂、瘦骨
喃喃自语 “花落何处”
话多少魂梦与君同
匆匆、太匆匆
蓦然回首，原来相逢在梦中

三生缘

我是鸿蒙尘世的一粒沙
风把我高高扬起又轻轻放下
驻足山乡里看炊烟冉冉
闻泥土芳香听鸟语喧哗
别问我是谁。——我
只是你曾经见过的曼珠沙华

我想我们可以
就这样与彼此遥遥相望
久久远远地凝视，不语
用三生期待，够不够
就这样让我在你的记忆里
像千年妖魔一样缠绕

别打破这份宁静
纵然有万条相见的理由
都不能，在彼此心里
走不出以前那懵懂的誓言
我仅奢望自己能成为你
生生世世永远甜美的回忆

红颜旧

夕阳西下 你在谁家
豆蔻如花 不惑似沙
岁月早把青丝染成白发

红颜易老 蹉跎年华
半生誓言 埋葬情话
江山依旧好谁陪我描画

恩怨远去 切勿牵挂
不见不理 容吾孑然
痴心一片换来两地怨情

残梦呓语 空灵幽静
青瓷羽衣 琴心素体
允许莞尔一笑榻前安息

红颜已旧 玉颜瑕疵
长夜漫漫 相思几许
愿一曲笙箫伴君梦游天涯

在这无人的夜

怕独处
一个人自言自语
怕独处
似箫声低鸣地述说
阔别千里之外的伯牙

我不孤独，只是怕这夜
腐蚀内心的强大

不想，也不要
在我空白的日子
让其他的
填充我的记忆

你如果懂，这无人的夜
会奔向你
吞噬你的忧伤

冬　夜

用黛青把天染黑
湿漉的手，推开窗
远望
顺着那支笛音
走到你身边

不敢喧哗
只是凝视着
倾听你的心跳
如大海狂澜

夜呀
有人为你一宿不眠

滴血杜鹃

怕看满山的杜鹃
像当初你不敢看我羞涩的脸
一片片殷红
写着心事
有杜鹃花开了一季又一季

你是藏在深山的蚯蚓
穿过花期
我却始终找不到你的踪迹

我为我的倔强向你道歉
原谅我，可不可以

十年、二十年、三十年
或者是用更多的时间
我用余生寻找
只为当初
你从未敢亲吻那惊落一地的花瓣

你的誓言
是一树含苞的花蕾

那次离别
是你亲自把我送上了永不相见的列车

车厢碾压
把途中的杜鹃弄哭
从此，血淋淋的回忆

离　愁

年年清秋，年年离愁
年年月圆人未圆
心中月如钩

红颜旧，伊人瘦
昭华易逝岁月虚度
花谢花飞随水流

思悠悠，怨悠悠
又逢佳节心更忧
何时是个头

月缺月圆，都是缘
此时，不邀月只邀你
饮一生悲欢离愁

心 情

想寄一线阳光给你
使你感受人生的灿烂
想托一轮月亮给你
愿你感受人生的祥和
想织一空繁星给你
让你感受人生的温馨
然而，我不是宙斯
日月星辰是宇宙之物、宏伟之形呀
我只是尘世间的凡人
拥有的是一颗真挚之心

想变成凤凰搏击长空
与你遨游天际
想成为鸽儿翻越山岭
与你美化家园
想化作蝶儿环绕庭院
与你共舞人生
然而，我不是精灵
凤鸽蝶儿是神界之身、洁净之躯呀
我只是尘世间的凡人
拥有的是一份肺腑之情

对你的思念如毛毛雨

对你的思念如毛毛雨
上午都是晴天，下午就开始变
晚上已经由不得去征求意见

慢慢地，这思念如毛毛雨
铺天盖地蔓延
从发梢、脸庞、胳膊到脚跟
从裹着的外套至敞开的心扉
洒在无意间想你的夜里

对你的思念如毛毛雨
没烈日般的烦躁，也没暖阳般的期盼
更没暴雨似的忧虑
轻轻地悄悄地

对你的思念如毛毛雨
一点一滴落下去
重复着岁月
不悲不喜、不离不弃
这或许就是爱的痴迷

梦的天堂

请问你是否把我珍藏
每天的微笑都在夜空中荡漾
相聚总是很短
想念总是很长

请问你是否把我遗忘
不见容颜，杳无音讯天各一方
爱不想轻易说
爱不愿轻易忘

请问“十年”会有多长
要用多大的勇气才走过春夏秋冬的风霜
缘起缘落
缘于前世与今生情感的较量

请问你的人生怎样才算辉煌
喧嚣的尘世，平淡的相伴
能拥有一颗真正的心
你才有精力翱翔梦的天堂

无　悔

给予你真诚
不曾想过回报
原本
只是自己心中储存的欢笑

如果你是湖泊
我愿是堤岸环绕
如果你是高山
我愿是匍匐小草

即便我们明天不再拥抱
感动
一直驻在心角
像每年如期而至的花海春潮

我从彼岸走来

那是一帘幽梦
梦中我们无数次地纠缠
当你颓落，我不离不弃
当我绽放，你无影无踪

过去，如幽梦永恒
多曼妙的名字——曼珠沙华
那是一串殷红
凝结在彼岸悬崖

曾经的苦痛永不牵挂
世事嘲弄，经过无数黑夜
蜕变一抹幽蓝
告诉忘川，我来自彼岸

有一滴泪叫作疼

我不知道自己的根在哪里
我疼
我不知道我该逆流还是顺水推舟
我疼

一望无际的渺茫
灰色的天空
都是别人忌讳的语言
我都疼

我来自哪里你不知道
我去向哪里你还是不知道
你就算看到风雨和阳光
也看不到我的忧伤

来吧，用激流淹没我
就算是一个浮漂
我也要用一滴泪击起
生命的浪花

城堡

我用整个夜晚出逃被你困住的城堡
一砖一瓦、一门一窗
以及无数尘土、阡陌
引向那个未知的前方

徘徊在那用心筑的墙外
见不到一丝缝隙可以偷窥秘密
或者揭露一座城池如何封锁消息
把你我风化成木乃伊

一定是你用了魔咒
那恶毒的手段可以困惑一个灵魂
把我打入黑暗，与世隔绝
在阎王殿前等待宣判

而你却不知道我早在你心里死去
不属于你囚禁的躯体
我来自净土，能封住我的是那道彩虹
一旦灵魂出窍就可逃出你的城堡

你把牵挂给了谁

蝉在狂叫，你在酣睡
有个未接电话

立秋后的日子，晨风兮兮
一日三变也不过如此
别说女人善变
二十年前，我的背影
是否在你的脑海也是一幅画卷

当我经过时光的利剑
转身对视
原来，有你在身边

我不敢问，你把牵挂给了谁
想一想这一日三变的温差
秋意，沁湿日历

谁给你生命留下了伤疤

谁给你生命留下了伤疤
你不疼，我疼
疼，自己为何不早些遇见你
疼，为何不能保护你

你不疼，是因为
你不知道社会是多元化的
不知道人也分善恶
不知道自然环境在不断变化
不知道有一天让我遇见

我有点不敢正视
怕你看见我对你的关怀来得不是时候
怕内心翻腾的情绪蔓延开来
让你失态

我们都不是完美的个体
生活很现实也很残酷
我站在你身边不管多优雅
你一样感到了疲惫

时光是一把双刃剑
谁给你生命留下了伤疤
你便在此处得到新生
就算是短暂的幸福
我也愿意陪伴你一程

窗　外

坐上这趟车
我就不再孤独
有个人
此时在等我

人生也是一趟车
缘分。让你我相遇
不早不晚
在你需要我的时候出现

日子在前行
我愿，给你一路风景
像窗外
不负你的风光

七月半的游魂

如果爱能够苏醒过来
那是因为你的记忆穿过奈何桥
在悬崖绝壁边留下影子
醒来

有爱，就有痛
伤口终会愈合
在结痂的地方有我的抚摸
直到有一天，看不到痕迹

是你不专心，也是不小心
总之不细心
才有灵魂乘虚而入
如果真有幽灵，那都是妄断臆想

在七月半，我不许你乱跑
绚烂的夜景是火焰
把亲情、爱情、友情统统烧成灰烬
我怕自己不小心消失，在你的生命中
也成一个游魂

中元月夜

月儿坠入云层的瞬间
我开始咳嗽
咳嗽得不行而醒来
中元月夜多美
你就知道我咳得有多厉害

我不梦游
是黛玉托了信
要我斜倚成一道风景
等你，十年

满地温柔把帷幕燃烧
烟味儿已飘到九霄云外
我不知道
你是否会等待
看我重焕光彩

你的问候，穿过月色
让窗台有花影摇曳
要我寂寞如水
洗月夜

洗成黑白照片

十年
或是更多的十年以后
你突然在夜里醒来
也在这样的月夜，找我

我望着车窗外的夜发呆

不知道这是不是末班车
我一直在路上
在这趟赶往城里的车上
夜色开始拉开帷幕
慢慢吞噬了房屋、道路
远山、近树、车辆、人群

我看到灯光
亮在不远不近处
忘却了车内的颠簸和孩子的笑语
所有环境好似与我无关
瞳孔里走过一盏盏路灯
然后无影无踪

怕周末的夜晚
不管是乡下还是城里
有的夜色是不属于我的
车上还有为生计奔波的人
但愿这是末班车
让累了一天的人休息

尘 埃

一辆黑色奥迪在我面前停下
静静地，一动不动
车灯横扫过我的目光
一片片白色尘沫
轻轻翻飞

这一刻，多希望它就是雪花
是天国的精灵
我伸出双手接住
一缕幽魂划过我的睫毛
把她带走了

终究不是雪，不是最美的印记
每个站台都只留下瞬间
我穿梭在车辆之间
她却穿过这座城市
成为另一个城市的雨

看朝霞邀请帖

从黑暗走来
蹚过海洋，越过高山，穿过云朵
想洗白一空幽梦

或是清晰，或是模糊
一直有束光亮着
伴我度过

想跟你站成平行线
想和你在一个区域生活
把早晨的鸟语鸡鸣和夜间的虫语狗吠
写进手札

挥手摘一片霞光
记下最初心情
让风给你带一份邀请

一个啃骨头的猫

绝对不是偷吃
它吃的是我舔过的鱼骨头
没有诱惑
也没有预谋，是本能

用双脚趴着抓住
试图用左牙咬断那块脊骨
咯吱，咯吱
换一个姿势使劲用力

它会警觉地回望
这使我想起多年前
奶奶啃一个鱼头的瞬间
她望着爷爷诡异一笑

给

我拿什么给你
用春花秋月、夏雨冬雪吗
我的陪伴你是否明白

我拿什么给你
用古琴弹一支曲吗
我的哽咽你可听得出

我拿什么给你
用词汇连成一首诗吗
我的羞涩你可悟得到

我拿什么给你
用五彩绘一幅画吗
我的含蓄你可看得出

我拿什么给你
用清晨的问候和夜晚的祝福吗
我的牵挂你可会意

亲爱的你，请原谅

我穷得只剩下一颗初心。除此
我真的找不到任何东西可以给你

绿野仙踪

女巫又活过来了
在京城的第一缕阳光中苏醒

没有叩问
直接闯入这个世界
从绿野飞奔而来

在虚拟的王国
她是你用江山换回来的
只为了重重拒绝

京城仍然有暖阳，有风
还有不眠的问候

阿弥陀佛

不是隐藏太深，是天机不可泄露
像南国的冬季看不到冰川
只看到那灿烂笑颜
使一树银杏包围整个冬天

不敢说出爱，我是如此渺小
匍匐在你面前
所有杂念止于“仰望”
怕一碰触，会夏无雨、冬无雪

阿弥陀佛，我愿随你而去
隐居，或是漂泊
与你依偎成一卷山水
笑看流年花落

假想爱人

最初，没有爱人的时候就想着谈恋爱
像三毛爱着荷西
去撒哈拉，寻找一片绿洲
或是想在普罗旺斯的薰衣草园
邂逅一位白马王子

当我走进围城，这生活并不是我想要的
有爱人的季节却品尝着孤独
直到离别，也找不到最初想要的
爱的感觉

有人说我像张爱玲
可是，我目前还没遇到那个胡兰成
我假想我的爱人在一个老大妈家住着
在她的书桌上，在她的钱罐里
或许是在一个大爷的箫声中

如果有这么一个爱人
我会放声大笑
模仿东方不败的神韵
甩一甩衣袖，就活过了一天
打一个马步，就度过了一年

寻　梅

去哪里寻你
去山的尽头，云的屋角么
或是去曾经的记忆
寻你

对于世人，那是一片花海
对于我
那是一份自留地
种着傲骨
更种着内心的暗香

有人爱你，想呵护
有人喜欢你，想占有
我只能站在云端
看无情的手打落一地芬芬
听一支琴声消瘦

在天涯，在海角么
还是在那举头一望的瞬间
在才下眉头的刹那
一枝梅花
悄悄地开，静静地败

一捧残香

低点，再低点
心痛到无法言表
仙骨残落
模拟黛玉的哭泣
无声

小心翼翼捧起
心碎了一地
枝头摇曳的幸福
陌生了笑脸
转身离去的，何止是你

阳光无语
给你一捧残香吧
让岁月凝重
许我
无地自容

爱到白头是风景

窗外，有芦花
一大片
错落有致，随风摇曳
在暖冬的夕阳下集体舞蹈

一座山就是一个背影
土地温暖，树枝温暖，野菊花也温暖
有一双目光更温暖

错过了你的青丝
便不想再错过你的白发
让我每天陪你看日出日落
相拥大地，把情升华

圆的心事

画一个圆，把心事圈住
放空旷的圆润在外
留些许纠结在内
让你触摸我的笑容

容我慢慢提升自己的柔情
在这个叫“元宵节”的日子里展示
当酝酿已久的热情经过熔炉
奔流而出的，不是蜜言

是我想对你诉说的思念
是每个日夜储存的苦辣酸甜

爱就爱吧

说来就来了
这个城市与乡村的距离
也就是京城东站到西站的距离
对于你来说，这就是爱刚刚好的距离
不远，想得疯狂的时候便可看见
不近，繁忙的时候只要能听到声音

爱是很微妙的事，说不出时间和地点
说不出是哪个场景和心情
我感动了你，你也感动了我
你说，我就是你的灵魂

爱就爱吧
你是唯一在我文字里撒野的人
在梦里把我喊成小诗妖的人
在生活中把我当傻瓜的人

味 道

点一盘小豆，和茶细细品尝
铜鼎升起的火苗
燃烧了思念
把每夜相思的泪水烧开
让你夹起，慢慢下咽

牛肉飘出的淡淡果蔬味
一阵阵沸腾
此时
你我吃着久别重逢的喜悦
这个味
有点甜，有点酸，有点苦

还有一双柔情的目光
炙热发烫

想

草木想着雨露
花朵想着阳光
我想见你
相约去梅花盛开的地方
想这个冬天有你陪伴
像度蜜月一样

在梅园
想要空气凝固成永恒
你我紧紧拥抱不放

想要阳光温柔如我
让每一枝骨朵儿悄悄绽放
想要太阳永不下山
我这枝梅花
就能每分每秒被爱的阳光奉养

想你的吻烫着我的唇
像是吞噬整个园子的暗香
想你背着我
跑遍整园子的梅树

把三千宠爱挂在我脸上

想从后背抱着
看你一回头时深情的目光
想你摇曳着树枝
让我春心荡漾

你欠我一个拥抱

不敢在醒来后对你有半点言语
怕惊醒熟睡的你
怕你认为
我是一只任性的野猫

我在荒野流浪
夜幕下一遍遍呼喊你的名字
我找不到
叩开你门扉的理由

你就这样欠我一个拥抱
睡去
你的消失使我惶恐
让我闻不到你的气息在哪

我徘徊在文字边缘
此时，却没有一个词汇
能让你醒来
抱我

我把疼痛掏出来给你

当失眠成了一种习惯
有些记忆便越来越清晰
讨厌自己半夜醒来想念你的样子

你的背影，离我一直是那么远
以至于我在任何一个夜晚
都拥抱不到曾经熟悉的情怀

这万籁俱寂的声音撕咬着我
像一头猛兽追逐
我赤裸地奔向你的原野
满路荆棘。让我遍体鳞伤

我不怕疲惫，怕这长夜漫漫
你不明了我为何要选择离开
我只好把疼痛掏出来给你
让你看
醒来的我找不到你时
多孤单

我的身体开始僵化

着实不喜欢冬天
早上不愿起来
晚上不想睡下
走进这个冬天
我的身体就开始僵化

从大脑开始
想象一场大雪铺天盖地而来
思维就被埋没了
开始讨厌自己慵懒的样子

随后，我的身体开始笨重
枯燥的生活
犹如屋外干透的枝丫
连同笔墨都沾不上一点颜色

已经懒于奔跑
执笔每走一步都心有余而力不足
恐惧，彷徨，无助
在半夜就成了一具尸体

我的身体开始僵化
沮丧，且不甘
我不断敲打
要让自己活过来
想在来年的春天，重新发芽
开花

夜的声音

（一）

不喜欢在黑夜里接电话
怕夜魔给灵魂添堵
想留一份愉悦入眠
把笑挂在脸上

夜里的电话，总会牵动每根神经
不敢保证交谈是否愉悦
唠唠叨叨地述说把夜拉长了时间
如果有份惊喜，夜又显得太短

你把我的铃音敲响
像一个游人轻叩，想驻足这扇门扉
一遍遍细说一个人如何艰辛
说你，在尘世里彷徨

（二）

没有防备一只蚊子
就这样闯进了我的生活

在入眠的夜
它被传统女人的高贵血液吸引
飞蛾扑火般投向光
借助光的力量寻找那份需要

想找到一种语言与我对语
不曾选择，在白天还是黑夜
不咬人。同样无法控制
绕过我全身时那急促的呼吸
让我刻骨铭心

（三）

记忆里，没有谁可以替代
生活像一张白纸
涂上了水墨
墨点填补了黑夜

有种强烈的愿望要冲出黑色
找到一片光芒
听那阵心跳
分解我躯体的疲惫

该走和不该走的，都走了
留下我，是替代还是选择
而我只想要那片光明
把夜唤醒

我想有个孩子

爱是一把隐形剑
刺疼你的同时也刺疼了我
这鲜血，便孕育一个新的生命

云不阻挡山的险峻
烟不埋没水的清秀
我徘徊在山水里，你笑傲在天地间

有没有雅趣，都是生活
有道理的不一定合乎逻辑
有梦想的不一定看到未来
有本事，你就别装

我想有个孩子
在爱到最深处有个人笑
在天荒地老后有个人哭

容我把故事植根在这个新的生命
归还大地。许他开花结果
生生不息

我是你的女妖么

半夜登场，演绎“罗曼蒂克”
在我的梦幻中
不经意间，把自己拉进角色

绝不是你想象的那样
抱着你，就是蛇一样的身体
温柔，缠绵，细腻
我踩着小蹄子，在你的疆域飞奔

也许用这一生，都走不出爱的包围
冬霜和暖阳
重叠了我们的心迹
在午后放声歌唱

我的媚笑被掩藏在长长的身影后
一转身，无影无踪
我是你的女妖么
远远的街，只见灯火通明

感情傀儡

此时，我是想他的
但我绝不会向他发出任何信息
我通过文件输送给自己

拒绝他，有千万个理由
拒绝自己，却找不到任何由头
我的心出卖了我的思维

正是这样的年龄，这样的教学语言
这堂该死的课
让他在这个教学环节中复活

习惯了一个人的好
就发现自己变得横蛮无礼
让幸福添加条件

原来，我们都是自己的感情傀儡
有时为爱装聋作哑
有时为爱死去活来

我在梦游

我想，安格尔是活着的
此时的我
便是他的浴女

泉水要从头顶流下来便好
也许这样，我就醒了
“醍醐灌顶”这个词
现在是为我准备的

我也是你的浴女
是你在山涧找到的一株幽兰
你在春雨飘荡的夜酣睡
我握不到你的毛笔
却用墨汁，把自己淋湿

想象你的宠爱，是涂在我身上的油彩
只要你一滴泪
或是欢喜，或是悲伤
都能唤醒我从安格尔的画布里
走出来

爱的陷阱

我寻觅夜露润敷灼伤的疼痛
在秋风中徘徊
苍老！是无数的蜕变

不曾想过，遇见你
便深深地扎进了泥潭
经过冬藏，春盼
夏长，秋炼
风轻云淡地述说一世情缘

深不见底的泥沼不怕
销损的香魂也不怕
有夏日和秋月明了
秋蝉，在演奏着一曲忧伤的和弦

一片困惑
犹如我的成长
到底陷入谁的漩涡

当爱不成正比

光和影应该同时存在的
如果只是影子
那么
我早就被你判了死刑

太阳雨终是稀罕物儿
彩虹也会奇迹般出现在天边
我在海市蜃楼里反复演绎
死去——活来

绚烂的时光终究温暖不了岁月
我用沉默
只想删除那个所谓的被爱的
不等式

期 待

把牵挂，汇成一句问候
问你岁岁平安
把思念，汇成一句祝福
祝你每天快乐

我还想，与你不止这些
我期待见到你
成为面对面交流
把所有的牵挂和思念释放

我想抚摸你的脸庞，柔情欣赏
细数岁月在你脸上的风霜
我想在你身后环抱，静静依偎
靠着你的身躯感受你的坚强

不管是春暖花开，还是阴雨蒙蒙
我都会奔向你
期待相见
把思念化成深情缠绵

闪电划过七夕前的黑暗

乌云密布、秋风阵阵
夜幕越来越近
雨的脚步
追随着黑暗款款而来

我怕黑
可我仍然无法拒绝夜幕降临
一道道闪电时而擦亮我的窗台

有恐吓，有惊慌
当看到闪电划过七夕前的黑暗
一份温暖从骨子里冒出来
我坚信明天定是晴天

荷花开在禅意间

一定有一种心情
与荷根有关
一定有一种结果
与荷花有关
在此之间，已是荷叶点缀
圆圆满满

含而不露
是需要有慧根的
有如生死，只能自己体会
当天和地在夏雨中融为一色时
连荷都相信
有一条路，肯定通往幸福

干 荷

一季灿烂和辉煌
都被淤泥埋葬
只有这束干荷远离故土
留着残香

收藏者自是有心人
一池荷影不如一瓶芬芳
原谅这爱的自私
把所有倩影关进他的卧房

别碰触这一季惆怅
要问就问他，为何还没置办好嫁妆
难道一定要等到来年
才能风风光光

与干荷花对话

错过了你的青春
我就不想再错过你的花期
哪怕你只剩一具躯体

有人喜欢你荡起的层层绿色画卷
爱你妩媚的脸庞和妖娆的身姿
而我独爱你苦乐连心的神态

在你最不堪的时候
我把你捧在手心，阅读
我看到你留给我最真的笑脸
我没有勇气再给你一个夏天
怕那种痛
从此找不到与你交流的语言

一米之遥有个镜头
像我一样端详你
多想就这样定格在那个时间
让他珍藏
一个女人和干荷花的故事

江南宴

你不是过客
我不是主人
我们是用茶代酒的夜游者
是用文字品菜的食客

路不远，心也不远
护城河的栏杆不远
铁路桥的灯光不远
你的影子和我的脚跟不远
夜郎的心不远

没有酒的诗歌自然不远
一杯初识，二杯开怀，三杯醉人
一片冰心都在这杯里、壶里
在夜幕下的诗歌里

有个梦，多好

等一场风雨
等一次漂泊
等一个能在记忆里幽住的人
这一切在昨天
犹如一个梦

等一抹夕阳
等一度晚归
等一个在现实生活中关心的人
这一切在今天
还是一个梦

在梦里的人呀
深情，温柔，实在
拉着手不够
接着吻不够
抱紧了还不够
等张开双眸看到空荡荡的房间
原来是房间里的氧分不够

等阳光升起

等日落西山
等回家的晚班
只因
缘起缘落皆由缘
梦里梦外共婵娟

远　方

有一种冲动。秒杀
我想，那就是她无法述说的寂寞
传染了我

给她做了一个专辑
只能收藏，不能公开
怕别人也疼
怕有人看着图片笑
这个姿态，孤单的无此妖娆
像等待丈夫的小妻子

一定有目光不能到达的地方
那，就是远方

不管是阳光灿烂，还是雨雪霏霏
心之向往
守候，亦是一种态度
与风月无关

最难得是回忆

绝不是还有爱
是一份记忆会苏醒

南风撩人，花儿相继成泥
一抹绿靠近窗台
她在我面前是熟悉的
而我，对她来说却是陌生的

那天，那地，那绿荫
还有那个把苹果皮削成花卷的人
好吧，忘了
在脑海里模糊了又清晰

起风后，反向思维在呐喊
还可以和她对话么
还能听听声音么
原来，那渐行渐远的
正是成长中的自己

我要走了

我知道，我要走了
对于你来说我只是一个过客
想挥一挥手
为离别描画肢体语言
甚至不留一点痕迹

不敢想，你运用了三角形
我在你的文字游戏里失去色彩
像风一样敏感
伤，漫过肌肤
有一种灼痛

别忽略了我的柔软
能仰视，也就能把你忘却
选择，是我的自由
有些时候
是不需要告别的，一转身
我就走出了这道风景

第二章　外面的世界很精彩

北京旅游诗八首

人生是一次旅行

人生是一次旅行
从开始学会走路
我们便在许多目光下前行
像孩子一样无忧
青年一样沉着
老人一样坦然

在任何时候
亲情，最无价
目光所到之处
就是最美的风景
别走得太快
小孩的踉跄和老人的蹒跚
都是最珍贵的照片

人生是一次单程旅行
且行且珍惜

北京，祖国的心脏

谈心，越来越多
才近距离地理解了父母
隐忍和宽恕才能完美地生活

车程，越来越近
母亲的心跳也越来越清晰
祖国啊！你宽广的胸怀让我震惊
多少次梦见你。而现实生活中
我们却一直隔着很远的距离

今天，我似游子归来
站在你面前
才明白，我一直没走远
普天之下莫非王土
北京，是祖国的心脏
我一个湖南女子
仅是祖国妈妈的一根青丝

自然诚服在你胸前
安静地聆听
你的每次心跳
竟是如此和谐、可亲

玉米地

在一小时左右洗刷了我视线的

是一块块绿色玉米地
它把华北平原垄断

迷雾下
天和地一样高
城市和墓地一样平等

白桦林站在你身边
光缆都显得羞涩
玉米放肆地展示着青春

它像母亲，用温柔
为孩子前行点亮一路绿灯

颐和园风光

在这散心，再好不过
偌大的院子
就为藏一颗心
其实，藏了太多的故事

苍柏和琉璃彩瓦
宛如不老的容颜
曾经的辉煌
几人评说

一池碧波现出幽幽长廊
谁还敢问“你为谁歌？”

无心研究过往，对比今天
昨天，都是历史

缅怀与未来

烈日就是一面旗帜
考验的，不只是耐力
更是意志和决心

共和国的今天
是先烈用生命和鲜血换来的
来到北京，我没有理由漠视这片血红

川流不息的人群
用心铭记
历史的今天有永垂不朽的灵魂

冰雪草地和狼烟战火
在此时如此凝重
我怕轻语一声也会惊扰英灵

走出展馆，天空晴好
看展的孩童万分雀跃。未来
已如日中天

渡　关

仲夏，我把自己关闭。整理

以为可以与外界隔离
一个电话搅破了宁静
走出去，才知有无法逃避的责任

雨，肆意地下
敲击着屋顶、拍打着窗户
有逆天的迹象
我担心这个夏天，泪比雨多

山体滑坡、城池淹没
坏消息从电视和网络平台夺目而入
为此，我的心也来了一次洗礼

当武警把难民渡出水域
我也打破自己的囚笼
无法继续关闭这份心情
因为，洪水早已泛滥成灾

声声呼唤，来自远方
我听见心在回应
这个季节，要救渡的不仅是旱涝
还有许多淡漠

使　命

一声令下，就是千军万马
没有固定时间和地点
你的足迹

就是每个需要你的地方

有人说你是武警、是英雄
还有人说你是好战士、好男儿
我却一直叫不出你的名字
我怕一叫，就说错了你的使命

对，你的名字叫“使命”
冒着风雨，胸口黏着鲜血
脚下踩着泥泞
在危难面前，你们拧成一股绳

饿了，忍住；累了，挺着
此时的你，早已不是你
你只是一个代号
你，有个名字叫“使命”

醉

从怀化到北京
同时来了一次穿越
怀揣一样的心态
检读历史

明皇十三蜡像
和你残留的陶罐站成一道风景
我用一个独立女人的身份
品读你的野心

你醉在大局，我醉在谦卑
从古至今，水晶棺都只能裹一个梦
岁月在流光溢彩中沉淀

万象终成寂静
睡吧，睡成一个传奇
你在醉时呓语
等你清醒，已成永久

景致不一定在终点

似乎天空晴朗,我们怀着一颗寻宝的心
出发去（第一长寿山）西晃山
辗转出城上高速
然后进县道，入山
从明明朗朗变为细雨绵绵

一路搜索着想要的目标
无意间瞥见的一角，总在我视线里跳动
潺潺流淌的溪水岸
绿茵衬托着金黄菜花的红瓦房边
苍白老者身旁两个摆弄玩偶的孩童
烟云笼罩的村庄大路上赶山羊的大伯

看着看着就入了山
烟雨蒙蒙，不见顶的山
是方圆几百里的苗寨林场
不得已，在林场半途山腰停下
烟雨太大不能进山看苗寨
也不能上山顶一览风光

拍不到什么景致，也无法写生

却尝了山腰酒家的乡菜味
往返去山脚不远处的一个小村
还意外收获百年老树特有的神采
和桃红李白相映着的土坯木楼景色

在轻音乐下，一路谈笑着往回走
那一陇陇的菜花总是触动着神经
原来，许多美丽的景致不一定在终点
如同旅途
美丽了的不仅是风景，更是心情

看了印象刘三姐之后

噢，总感觉少了点什么
不是桂林的山水韵
不是刘三姐的歌喉
不是阿牛哥的情怀
桂林村落的男耕女织
漓江的日升月落
这些都不是

也不是缺桂林的山环水抱
不是缺漓江的丹桂飘香
不是缺五千人的喝彩
山影为屏
一千人的舞台
宏大的灯光场景
这些都不缺

回味那渔夫撑起的竹篙
一杆激起千层浪
唉，张艺谋呀
你酿的红高粱醉了无数人
印象刘三姐就只能是云里雾里了

漓江两岸都成了舞台
一江薄酒
你敢喝，我不敢醉

墓脚和白市的记忆

转过山，绕过水
一弯又一弯
匍匐的芦苇和高大的杉松肃然迎接
怀着好奇的大地儿女
追寻友人日志里的美景
去到一个湘南、僻远之县

“墓脚”如一块碑
屹立在冬日里斑驳的石灰院墙
描绘了一个古老的年代
一门而进，户户相同
躺在那张整块樟木刻镂的黄色长椅上
观看桐油涂染的曲檐和精致的镂空窗花
踏在青石苔间
有探出的幽兰
以及晚霜冻过的红菊
正偷窥门前蹲坐的婉约女子
只见她挑起一岁月的往事，梳理
青丝一缕一缕在时光中泛白
占据焦距的是银褐相间的腐蚀土墙

正述说对未来的向往
“白市” 犹如一位沧桑的老者
几百年的村落，炊烟缭绕
那山腰上的千年樟树守护着
山水图腾里众生的信仰
红土墙旁红军叔叔走过的身影
告诉后人，这里是红色之旅
原来，幸福是需要预谋的
那一碗热腾腾的油茶，驱走困苦
让村民信心百倍，也令游人流连忘返

走出这个村
我们的足迹便成了回忆
唯有这摄像片段记叙了点点滴滴

靖州采风诗三首

飞山愿

静静地匍匐在那里
在广袤蓝天下，在陇陇田坎上
在奶奶的背篓和老爷子的锄头里
在半山腰的庙宇钟声

踏进这方土地
老银杏和桂花树赶忙回避
板栗正好年轻，秋梨正好壮实
农家的锅巴和血鸭正好香气扑鼻

寺庙的香烟也正好萦绕在此
不用拜，上苍有眼
菩萨有心
仅匆匆路过，哪来机会还愿

南飞雁

菩提叶展开时
我看到了风、听到了雨

吹开远山
天空，一字排开

有雁飞来
云儿随影而动
徘徊
忽近忽远、忽左忽右

我把自己当成一只雁
越过千山万水
去追忆
回不去的过去

思念是一种病

想你的时候，韭兰就开放了
阳光明媚
每一片花瓣仰着头
迎接你的亲吻

清晨，我清瘦如叶
把思念摁进土壤
让日夜的雨露
滋养自己，成为你想见的模样

直到超出你的视线
我才明白，牵挂何等重要
思念是一种病
此时，正病入膏肓

沅陵采风诗十首

沅水之畔

烈日下，沅江边
一轮客船泊岸
三五成群的人戏水

沅江之畔。是一幅《沅水图》
水天相连
云彩与沅水亲吻
山峦跟船只相依
还有我和我的倒影拥抱

不想分辨源头与源尾
只想听艄公号子寻纤夫的爱
把责任背上肩头
一走，就是无数个春秋

奔流的是岁月
我在烈日下焦渴
想捧起沅江里的水沫
饮尽，原来那是你蓄满的一江相思

二酉山印象

架起一部天书
要我登九百九十九步台阶去翻阅
去朝见一些圣人

每一阶，有一个故事
每一个故事写成感人的文字
让我用片刻驻足

从上古、先秦文化到现在
用这九百九十九步是远远不够的
却唯有这九，能概括他的渊源

藏千卷书，是藏一份野心
藏一个人，也能藏一个历史
如果我藏于此，仅是一个风景

二酉洞、仰止阁、善卷堂
都被蓝天白云环抱，青山绿水缠绕
我的脚下，是酉水的乳房

是酉水把这里的每个生灵养育
印象中，从水边到山巅
不能用脚步，而是要用信仰

岁月的纽扣

种一棵树
不只是为了避风雨
砌一个阶梯
却是好让自己下台

岁月老了，树也大了
站在高处眺望
经过风吹雨打
也没结一个令人满意的果

是你的目光让我低头
烈日下没有风声
哗哗而下
落了一地的是我疲惫的心

如果我是你的一件霓裳
当你放下
谁又会把我岁月的纽扣
轻轻拾起，珍藏

酉水之恋

躺在我面前的是酉水
而我，是他的其中一滴
噢，不
我是蹚这河水的人

流淌了几千年还是这个样
几十年如一日般
守住云烟

他说着“艄公号子”就忘了词
我望着他也同样忘了“纤夫”
过去，与我无关
现在，我却想扑进他的怀抱

杨荆花，小飞蓬，芦苇草
都是我的侍女
踏进渡船的瞬间
我就坐上了他的八抬大轿

太阳很热，风太强，这些都不怕
我不会水，怕被他淹没
怕他的爱如潮水
潮涨潮落

秋天的旅行

紫薇花还是开得那么艳
胭脂朵儿不愿离去
秋，悄悄地来
下半夜有蝉声落下

我趁下半夜的风变柔和时
打点行装

随星星去旅行
当太阳升起的时刻落脚

落脚在沅江边
坚固的沅江大桥和远远的亭台楼阁
以及那宽广的沅江岸线
都成为我记录的行程

还有西水
这个沅江西部的圣泉
用盛情接待远道而来的客人
从日出到日落

岁月如流水东去
人生需要继续前行
在月儿甜甜睡着的时候
我开始下一站启程

再续一次荷缘

我用前生谱下一支曲
让荷的种子叮叮咚咚掉入水里
把心事，写进词中
把花开的声音
铺满整个荷塘
声势浩大地向你表白

我用现在为你描绘

让碧水给你生命
开一朵朵圣洁的花
枝头，站立一只蜻蜓
像我一样欣赏你，静静地端详你
在整个荷塘起舞

如果有来世更好
那样，我们一起坠入池里
你弹曲，我绘画
荷塘成为温馨港湾
你的荷花仙子永驻心田
让爱一直延续

一朵花的自述

青葱岁月，没想过要开成一朵花
花季年华
一样经历风吹雨打
蝴蝶追逐
有山有水的地方就是家

别说我貌美如画
更别说花影背后有个谎话
假做真时真亦假
老了情怀、老了芳华

相遇残年，也罢
就算是老去

也要站成你心中的那种姿势
从容蜕化

尘封的记忆

如果有人能够把你想起
定是到过你的故居
以游者的身份
宣读你的秘密

一个家族一段兴衰
一个院落一曲悲欢
你穿着古装立于残垣大堂
看不懂现代人的忧伤

雕花门窗，高大的院墙
还有红灯笼、花帷帐
人在，家什亮，满院风光
人走，一空房

烟草花，芭蕉叶，烂陶罐
是守候你的忠臣
唯有窗棂，黏上尘土
写满了你的沧桑

月儿升起

用一千盏灯点亮堤岸

用一万道光照亮天空
所有的这些，都不够

我若消失在人海
任何一个面孔都像我
任何一个背影都形似

当月儿升起
混淆在霓虹灯下的我
看见一片蓝天

拾起你打落在秋天的诗句

秋后，缀满黄叶的半山腰有果实在招手
青的山梨、红的柿子
还有浑身长满针眼的板栗
我走在田野间观看
在树底下寻觅

高高挂起的是庄稼人在春天的梦想
以及孩子们的好奇
还有游者狩猎的心
看阳光雨露恩泽的生命
在这个秋后晌午欢舞

阳光穿过树梢跳跃在我跟前
你刚打落的一地板栗
生疼的，是果与树的离别

连我站在你面前你都看不见

秋叶，写满故事
想剥离。把满身荆棘褪去
让隐藏很久的忧伤在阳光下袒露
原来，我正在拾起的
是你打落在秋天的诗句

麻阳采风诗十首

叩

多少往事
就这样被你锁住

荣辱，悲欢。尽藏于昼夜间
土砖像火塘一样鲜艳
窗前的烛灯，燃了又灭
屋内的火塘，冷了又暖

所有窥视
在雕花门楣失色
一步之遥触摸的距离
清晰可见

有句牵挂
是否可以从你的门扉
叩开

八斗山剪影

村口的古井倒出一股清泉

榆树下的老翁便疑惑地望着我
这一幕，八斗山神秘莫测

天有点蓝，云游荡其间
山路一弯又一弯
久违的土坯屋带着高温烙下民俗风味
石路，古树，小道
斜山，水库，瀑布
还有那野百合
在我面前轻歌曼舞

风是猛了点
芦苇几次撩起我的长发
水是急了点
瀑布不小心就沾湿了裙摆
山是高了点
游者在攀行中消耗了体能

八斗山，不论山险
只说原生态风光无限
不夸瓜熟果甜
只赞民勤官贤，八方平安

碎　片

说那些是遗物
不如说那是你破碎的心
我的伤是被你割破的
你的无意识

一针见血

很多人不信
上辈子你收过我的尸体
收过我的梦
让我跌落。醉死在他乡

我们都不再是完整的
是岁月河床上
留下的砾石
生生地被世俗的眼光
剔骨，层层剥落

你疼不疼，我不知道
我疼，是因为我无力回天
把自己塑回一颗完美的珍珠
如果能镶进你岁月的蓝图
即便支离破碎
我也情愿

落　叶

再高，高不过苍天
再低，低不过黄土
天地之间
她是一个弱小的生命

从枝头跌落
不一定跌进深渊

有晚霞陪伴、秋月陪伴
星空下，她不会孤单

或许，她真的柔弱
风一吹就会倒下
几度彷徨，几度挣扎
她偏不气馁
执意要站在顶端
坚持修炼

如果你会落泪
她就不再是一片秋叶
而是你苏醒的情怀
是埋入半截泥土的诗篇

距　离

走进枣子喇，就走进了一个不一样的村庄
山不险峻，路不通畅
“高枣公路”是唯一的红飘带
它系着山上的每一个土坯房

我们一前一后地走着
都很专注地听一个故事
所到之处
看到有绛红色土坯内的乌灰木板
白墙上的青色琉璃瓦
还听到千年银杏树落下的一地歌声

像你用铅笔描画银杏树的肌理
他用油画棒涂着土坯房的色彩
我却用水墨泼出一条高枣公路
我们用不同的方法诉说一个故事
直到山外人看懂
土坯房与现代砖房的距离

问　天

仰头，你就和天融为一体
天有多大
你就有多大

一千年不够
一万年也不够
你是我心中最伟岸的树
是我的天

你在喇上牵着板栗树
我只能贴近你
在你胸口听你掏出走远的故事
此时的八家
在你面前是一栋红土屋
而我，是一株兰草

仰视你，我深情询问
记得远古的文明么
记得未来的筹谋么
记得我在你的怀里停留么

记得这个冬天
你和天一样高么

四角天空

门，也是过道
我看见里面有四合院
脑袋空白，脚步像梦游
怎么像进了老北京

幽暗木板、黑泥地
灰绿的檐水沟及红灯笼
都被四角天空笼罩
述说那个三寸金莲的时代

一袭绿色沙滩裙
和尖细高跟的“哒哒”声
把我视觉混淆
陈旧和新潮竟是如此和谐

退一步，海阔天空
屋外，有半旧门联静候
访古者，再次阅读
四角天空的故事

等你归来

我是穿越的古代女子
如一缕香魂寻找多年的梦

想
在这个院墙，忆起当年
欢歌笑语，琴瑟悠扬
长夜雨声
打落庭院芬芳

石刻花板还在
镂空窗棂还在
你醉酒碰碎的陶罐也在
风残庭榭，都在
唯有执扇观望的我不在
长衫飘飘的你不在

一转身的距离
你到底去了哪里
我穿越到这里
只想从来来往往的人群中
找到一个熟悉的身影
等你归来

独蝶的世界

做一个采花大盗其实很容易
但它怎样都走不出自己
高筑的孤独
和自己在大自然奔走的心

它的寂寞，我不懂
每一次起飞

需要卯足所有情感
把自己置死地而后生
破茧而出

我以为它需要花朵
错了。它渴望的是阳光
不然
为何不在冬天飞翔

听　泉

静下来，听一种声音
和心跳共鸣
直到把所有的宣泄都远离
坚如磐石

最美的莫过于自然
和内心
腾空而出，奔流不息
是藏不住的激情

如果你疯狂
她就是急流，是万马奔腾
如果你儒雅
她是清泉，是柔情细语

三月里的小雨
和春江花月夜有什么区别
你听，懂或不懂

都源于心态

你看，泉水不会老去
石头和阳光也不会老去
老去的是你的听力

杨村采风诗八首

犀牛泉边

犀牛泉，被笼罩了一层神秘色彩
晌午，两个初识之人漫步在西牛村
去寻找那个传说

西牛村落，依山傍水
有几亩小塘，还有垂钓者
一直想象不出犀牛是啥样
那潜在水面的是牛头还是牛身
纹丝不动，咋看都不像
我却始终感觉身边有一头“憨牛”

小径环抱犀牛泉
一池清幽
欢闹的儿童和匆匆行人形成反衬
一股股情愫冲出泉口
荡开，漫过心间
缓缓地滋润那份疲惫

想走近细看这纯洁奔放的泉

被阻止，抓住
怕我像鱼儿滑入水中
如此清澈的水竟然没有鱼
除了泥，就是水
还有，就是泉眼中泥和水在交集
那人说“爱情都是神话”
生活，就是不要让纷杂打搅幸福

简单似这口泉，自然溢放
犀牛泉，神秘的色彩退去
原来是石牛的安静和泉水的纯净
这景，正如木讷的他
和宁静的我

格桑记忆

雨，像一支交响曲
敲击着思维

格桑花，从记忆走来
占据一个游者的心
有波斯菊的残局
让泪无声

不敢细看和静听
怕把身后的紫韵
瞬间变成苍白
想起爱在时

一地心事随花开花落
定格成岁月的书签

伊江花海

如果是在梦里
我早已来过

今天，站在泸阳
你从头到脚都散发着神秘
想用小桥流水承载爱的小舟
把“love”深深植入心田

看花开花谢
岁月静好
弹一曲天籁之音
一份激情
你不言我不语

荷　塘

不亚于那片你虚构的高粱地
朵朵红晕
是我羞涩的脸

不想问你有多纯洁
一池荷影
就是你的写照

既然周敦颐能把她当君子
你一样可以把我当仙女
坦然走出你的高粱地

希望你轻轻地
别惊扰
这一池清幽

又见花开

怀化有一片花海
出了城，是植被和溪水相迎
诗友们去拥抱大地
想把夏天写成春暖花开

一池莲花正随风起舞
薰衣草高举着爱的蒸汽球
就连蛇瓜花也绽放激情
它们，招呼着每一位游客

我靠近它，倾听心跳
听它慢慢述说在此等候的原因
在这个夏天见一面
等五百年，了一个缘

我下辈子会不会也是一个花仙子
等今生见过却来不及爱的人
长成“蛇瓜”的模样踮起脚尖
等待、翘盼

风景一直都在

格桑姑娘出嫁了
有爱在的地方就是她的家
不管是乡村还是城郊
她只要一个落脚点

一直把你隐藏在记忆里
每一个花开的季节
翻遍大地，寻找你的足迹
原来，你在这里

宁愿选一地终老
让我成为你眼里最美的风景
也祈愿彼此仰慕
成为别人传诵的景致

葫芦兄弟

大脑袋和尚从电视剧走来
站在葫芦架下
我没来得及眨眼
他就嗖地跑到了跟前

如果一个葫芦是一壶酒
那他算是什么
他喝酒不醉，只醉眼
怎么看那眼神都是斜的

我只好再次看架上的葫芦
那一簇簇
明明是高端、大方、上等
竹架下漫过绿叶的脑袋
净是成熟和圆满

原来我们都忘了一个原理
他必须是虚心的。才能盛下佳酿
我心里嘀咕：架下的葫芦兄弟
生活是戏，人生如酒
请别对爱酒之人打妄语

水上乐园

不用画界限
一个在天，一个在地
只要一脚踏进去
便是两个不同的世界

老老少少都来到这里
避暑，让心清凉一夏
把花花绿绿的蝴蝶放飞溪间
让大大小小的鱼儿自由潜水

如果，不小心闻了我的体香
或是误喝了我的洗脸水
不要怪我，要怪只怪
这个夏天太热、人心太燥

我要在源头把自己从内而外清洗
像水一样清澈
想沉淀成一颗水晶被你捧在手心
让每一天都是爱的乐园

芷江诗歌四首

和平芷江

从远古走来
四百年的历史
经历过风雨沧桑
蜕变成一座新城

“龙津桥”是她的命脉
“机场”是她的心脏
“受降坊”是她的脸庞

龙津风雨桥
灌注着她沸腾的血脉
激情接纳
四方游客、八方富商

侗歌传遍祖国
只想让人们记住
新中国热土上的美丽芷江
和平芷江

龙津风雨桥

明代僧人用一颗“普度众生”的善心
把你留在芷江
成为湘黔要道——“三楚西南第一桥”
舞水从你胯下淌过，终年不断
那是山清水秀的人间美景

不曾想过
山洪毁了你的初恋
让你痛彻心扉
烈火又让你的热恋化为灰烬
使你面目全非
你重新振作，焕然容颜

更没想到会经历抗战
在遭受日军的轮番轰炸时
你却安然跨在舞水之上
那是怎样的奇迹
不屈地守护着祖国的大地
从此
深深烙下抗战历史的印记

风雨桥恋曲

滔滔舞水藏不住阿哥的秘密
绵绵青山搁不住阿妹的忧伤

过去的日子
阿哥田间耕作、阿妹楼阁织纺
风雨相恋，桥头歌唱
笑谈人生很短、侗歌绵长
阿哥出门征战、阿妹村头守望
风雨相依，患难同当
战火中情歌更加响亮

如今的时光
阿哥建设家乡、阿妹协力帮忙
风雨相守，温情侗乡
经过岁月远眺
坚实的石墩是阿哥宽宽的胸膛
飞翘的檐角是阿妹含羞的乳房
连成的长廊是恋人手拉手筑起的
爱的避风港

怀抱一朵桃花

让沧桑煮沸岁月的酒
藏千年女儿红，在你脚跟
任你渲染满山的殷红
愁煞黛玉

你灿烂地开，落寞地败
绯色填充了整个春季
我揽你入怀
你却给我一片花海

所有的山盟海誓
化入风，化入雨，化入万丈黄土
心不再孤寂
与子契阔，一瓣足矣

大崇乡采风诗四首

蜻蜓飞过盘龙溪

再也没见过如此俊俏的蜻蜓
它是一介青衣
天是蓝的，水是蓝的
它是蓝的
盘龙村的秋天就一片蔚蓝

蜻蜓飞过盘龙溪
来来回回
它像在前面等我
起起落落
我始终无法触及那份美丽

只想记下这一片刻
我越过盘龙溪的目光
蜻蜓飞过我的目光

选一处清凉做回忆

山中有静幽，绿树满山冈

想沿浅石而坐
听溪水欢唱

初秋，溪水流淌
曲径山花遍开
着实让人心头荡漾

秋草葱绿，烈日高仰
选一处清凉做回忆
轻轻岁月，别遗忘

参差错落好景致
频回首
美景就住进我心房

溪水有声

捧一手轻盈山溪水
落一篇朦胧白话文
在这里
山是博大的，我是渺小的

立秋过后水还有体温
处暑过后水就只剩下阳光
波光盈盈，溪水有声

静静地聆听他述说
秋天的相遇、冬天的相处

春天的相知、夏天的相惜

溪水看似有情却无情
体温，在时光里反复无常
脚步，在岁月中不断前行

溪水有声，声声不息
每次风雨中
我愿是彩虹一片
每次激流里
我会是浪花一朵

彼岸花开

彼岸有花，花开正浓
一束妩媚
满瓣妖娆
我近在咫尺
你却远在天涯

彼岸有花，花开无叶
不是花叶不依恋
是花叶不相随
花不懂叶的落寞
叶不见花的繁华

彼岸有花，开在天涯
如若不相欠

你我不会见
许多遇见
是三生三世的缘

彼岸花开
究竟是结束还是开始
奈何桥忘了引路
孟婆忘了羹汤
你我，竟然也忘了离别

安江采风诗四首

安江印象

小时候，安江离我很远
记忆里是一座神秘的古城
那时，人们叫它“黔阳县”
我只去过两次
初中毕业时到“黔阳一中”参加过考试
后来去公安局办过民族证明
听说过
有纱厂、医院、安江农校、县政府

现在，安江离我很近
只要想去，随时就可到达
现在，人们叫它“安江镇”
但我还是很少去。我只是一个过路人
今天有幸来过
是受人相邀

看过老地委、县政府大院、老街
还看过胜利广场、三岩湾、安江农校
历史被无意掀开

我确实看到了一座闻名久远的古城
再看看大黔门、隆平商贸城、安达公司
华宇竹业、新中医院、下坪村、安江高铁站
我又恍如看见一座新城

站在安江高铁站基地的那瞬间
天空碧蓝，阳光明媚
雪峰山逶迤绵长
我预想着前来的游人和回归的故人
说着安江的故事
久远的过往和锦绣的前程
同时把洪江市的这座重镇
披上五彩霞光

傅家小院

葡萄熟了，在葡萄沟里
葡萄酒熟了，在傅家大妈的尊容里
九十六岁的傅家大妈
住在“清和世第”小院里

这是一所新农村别墅式小院
远看时，有楼阁居住、有院墙围绕
走进去，有阶梯休憩、有花架玩耍
还有小狗吠叫，有鸡鸭欢闹

让我惊讶的
是那生命力极其旺盛的三角梅

院里院外都是繁花似锦
还有墙角一地的落英

我也想住这么一个小院，和自己相爱的人
看花开花落、看瓜果满架
和他品美酒、说养生
谈中国乡村小院的未来

隆平文化公园

古刹犹在。胜觉寺的痕迹
在印塘鱼池中被红鲤和青鱼翻搅着
丰富了浑浊的水面

樟树、黄檀，古木参天
满院的树木被蕨类植物寄生
韭兰守养着这方土地

更多的人知道它是一所学校
湖南省安江农业学校
而在我心里，它是一所公园

公园里那棵270年的公孙树听惯了铁钟声
凌霄花不会让他寂寞
开了又谢、谢了又开

我只想绕过隆平旧居和教研楼
去看稻田和实验苗，顺道看看千日红

看他们怎样成为这所公园的标签

行署旧址的蝉

这边唱着“知了”“知了”“嘘——”
那边应着“嘘——”“知了——”
像有人指挥的和声
黔阳地区行署旧址内院的蝉在鸣叫

慢慢地开始
一阵接过一阵，一阵紧过一阵
慢慢地结束
一阵低过一阵，一阵远过一阵

有人拨开芦苇秆想叩问那栋半旧的楼房
也有人站上硕大的阴沉木拍照留影
而我，看见行署路上
有许多从柳树上掉下的蝉蛹

无法知了
蝉怎么上的树，又怎么入的土
也无法知了
蝉那传奇一生的荣辱经历

我已经不想去知了
当初兴建行署的初衷
和后来行署搬迁的原委

历史就像一只蝉蛹

在“知了”声中，我收藏了几只蝉蛹
是心疼，也是欣喜
我忽然知了
有过去，就会有未来

溆浦采风诗十一首

有个窗口叫慈善洞

阳雀坡的屋子很独特
有个窗口叫慈善洞

院墙再高，高不过人心
人心再坏，都种着柔情
在兵荒马乱的年代
这是一种印证

屋檐残旧，瓦片尘灰，土墙开裂
混浊的木方似你风化的躯干
任凭雨打芭蕉
只许建楼，不许拆屋
这都不重要
重要的是，许你分一碗羹
不管是战友还是敌人

只有我知道
从这窗口走过的人

现在都成了古人

阴阳井旁有情人

绝不八卦
纵是有万千的传奇故事
你不叙说，我也能懂

你自是有情的
阴阳相亲，龙凤呈祥
天为媒、地为床
轰轰烈烈爱一场
直到海枯石烂，阴阳两相望
在这个村庄
山竹翠了、芦苇黄了。我们快老了
爱情之水却清澈长流
生命之源万古长青

阴阳井旁有情人
舀一瓢
敬天地，敬鬼神
喝一口
品山水，品人生

如果有来世
请记住，我站在阴阳井旁
曾为你守望深情

绣楼风景

绣楼高高，姑娘好相貌
院里的后生很俊俏
美女倚栏一靠，生百媚
玉手一挥，心惊跳

本地习俗要记牢
抛吧！抛绣球
落花有意，护花有情
冯娥犹在

这是一户有历史的院落
蓬轿，琴凳，雕花床
以及说不完的故事
被你一站，收进了影集

快跳下来！一定会有人来接住
我不敢。最多只能抓住
岁月的一点影子
荡个秋千

隐　忍

为自己设一堵墙
关住风情

关住离殇
关住梦短夜长

不疼，无泪
有夜阑人静的萧凉
有无言倾诉的心慌
像游魂一样

如果收不到信息
你会是什么念想
我找不到最好的语言安慰你
只有划破夜，泪流
到天亮

搁浅的爱

雨不再下，风有点凉
干裂的肌肤
连同河床都绝经

这里曾经春意盎然
和蛙声喧闹
曾经潮涨潮落，月坠船边

是秋蝉打捞整个池塘
把最后一尾鱼出嫁给餐馆
使她，让爱搁浅

夜，终究是来了

夜，终究是来了
舞龙灯的人还在表演
而我却该散场
山风越来越紧，树影越来越远
心情也越来越沉
启程，不知道何时才回到这片热土

高一脚，低一脚
拥挤的人群
走的不是路。是心

我知道，这是黎明前的黑暗
是抗战胜地里的信仰
明天已在路上

刘家湖的请柬

刘家湖邀请你来一次盛大的约会
不在七夕，在每一天
在你随时想起的说走就走的旅程
他已经把请柬放在每一个路口

每一枝花朵是他精心设计的路标
每一滴雨露是他留给你旅程的泉水
不邀神仙眷侣，只邀凡人

邀一颗远离城市宣泄的心灵
邀你，邀我
来一次灵魂的热恋

因为有心，所以每天都是约定
不管是木槿、状元红、大丽菊、格桑
还是野指甲、野棉花
她们早在你的旅程等候
她们穿着各色盛装
裹着一颗澎湃的心等你发现

你来或不来，刘家湖都在这里
空气清新，人们纯朴，这都不算
如果你读不懂路边的这群请柬姑娘
你就读不懂刘家湖的云和烟

刘家湖边有座富士山

实在想不到有这趣事
清早醒来，我看到湖的尾巴
一小湾儿蓝蓝色彩
往上是绿色，再往上是灰白色
原来顶部是座山

当地村民告诉我
那是“怀化的富士山”
你看，山顶是白色

暂且信他的说法
因为我站在海拔一千四百米的地方

说它是富士山，有点夸张
盛夏里它没有雪
但有雪一样的肌肤
有白色石头做的骨骼
还有，在盛夏里有雪一样的性格

如果怀疑我的说词，你不妨来走一遍
目睹我没有描写的景色
来体验一下，山上一日三变的气温
绝对让你穿着短裙打哆嗦
一个喷嚏，足以让你内心激情暴发

刘家湖的云和烟

微友晒的照片不会说谎
刘家湖的美确实存在

水面上
一片云叠着一片云
甚至，把山环抱
使人感觉她跟青海湖是孪生姐妹
都带着神秘面纱

生活常常出现意外
刘家湖实在任性

她玩起捉迷藏的游戏
太阳没来，雨没来，她也没出来

我跳跃在湖面的铁索桥上
想要把云雾打开
喊一声，云开了
唱一句，雾也跑了
原来刘家湖喜欢阿哥阿妹的呐喊

她还是愿意宁静
当我走近
她就把云朵铺成云烟
来回走在我身边
像我们的距离，若即若离
像梦，若隐若现

我一点也不怀疑她的善变
因为她一直站在山顶
云和烟
是她的矜持和高傲

木棉花开

辨别不清她是“木棉”？还是“格桑花”
最初的记忆
她开在我心里的高原

《哭泣的格桑花》音乐还在，词也在

唱歌的人不在了
在早晨消失
秋意渐浓，她开在我必经的路旁
挑逗我埋藏多年的情绪
甚至想掠夺一滴泪珠

诗友着迷般扑向她
一脸倾慕，令我记忆犹新
我不愿向前
怕触痛过去的柔情

她确是披着“格桑花”外衣的“木棉”
羞红的面容让一湖秋水醉去
如果花开，是为了等待
刘家湖愿意守候终生

猪栏酒吧

猪啊，别把这儿当剧本里的高老庄
这里是雪峰山的新论坛
谁的构想竟如此奇葩
猪栏也就成了酒吧

不会说，就叫吧
不会舞，就跳吧
使出浑身解数让那桩桩木头
活蹦乱跳起来
在这里，我们还原本色

每一寸泥土、每一片枝叶、
每一缕山风
都让你远离城市的喧嚣

能拦住情怀我就算你狠
拦不住。就放我进雪峰山看
看
我只想听那妹子唱首歌
看阿哥打声“哦嚯”
等大伙都醉了
我就告诉雪峰山外的人
在这里，我听到一个木头猪
打的鼾声像儿歌

安坪采风诗四首

无名洞的鸢尾花

桃花洞里没有桃林
一个无名洞
就不该占山为王
甚至，让鸢尾花鸠占鹊巢
繁衍昌盛

她来自天国么？让人按捺不住
想走近
去亲吻那份忧伤

一朵与一束，又有什么区别
心中装满了
整个山就形成一片花海
她的奔放
使无名洞蓦然明亮起来

最后的享受

外面的许多景色

将与这只鸭子无关了
它的呼吸，有点窒息
眼神，有恐慌
扑闪了几次

试图来一次逃亡
最终，安静下来
弱弱的，令人不忍直视
那堵玻璃墙
已经断绝所有救助

假如，有人一定要终结它的生命
就让它做最后一次旅行

潜流

僵持，保留一种姿势
让别人留影
让他人评说
不知道这一步迈出去
是什么结果

你说你的喜爱
你的不纠缠
是为了心里能坦然
我看到猫儿溪的水从我脚下的石墩趟过
那时，你从我眼前晃过

一股潜流
早已在众人面前漫开
诗意生活
根本由不得你我

你是那个谁

你是那个谁
别转身，别回看
也别走进那个磨坊
更别碰触身旁如网一样的岁月

奶奶的红袖遗留在四方桌边
爷爷的烟尘搁放在磨盘里
转了万年
你可曾看见

柴火升起的炊烟
和燃成灰烬的童年
在猫儿溪流淌了千年
你可曾听见

你是那个谁呀
童养媳已经不在了，村里年轻的女人也不在
你的到来
是否能把尘封的磨盘推开

湘西浦市采风诗三首

那一缕光

那一缕光
从窗台蔓延过来
在扉页上游走
轻轻浅浅的文字
瞬间温柔起来

我曼妙的青春开始复活
棉衫裹着的激情，徘徊着
书与茶之间
沈从文笔下的小镇
在斑驳里生辉

时光不会一直驻留
或是握得住
或是握不住的情怀
昼夜辗转
从指间逃走

看吧，那一缕光

透过心扉
长长短短的故事
你若不言
我也不语

由一个南瓜诞生的油画

不用假设
相信你一定能画出来
一个绿藤牵引的梦想
此刻由你诞生

是自然雕刻的杰作
站在它身边与之形成的对比
它的粗糙比我光滑
它的纯朴比我深刻

不能用一刀两刀解剖
恰如不能用一笔两笔涂满油彩
如果一个弧度是一个愿望
我渴盼绘出圆圆满满

与其说
只要一个支撑就会瓜熟蒂落
不如说
仅需一点风雨便能完美塑身

我的幸福就是还能抱着你

让我抱你一下好么
那成熟的味儿
使我的荷尔蒙茁壮成长
让我拥你入怀
感觉一下
真切而坚实的躯体

为了丰腴一间屋子
却要挖空一亩三分地

所谓的过往
就是无知的青葱岁月
经过一点一点有意识的成长
才退去层层忧伤
自然一点
有些虚粒也无所谓
高高低低的轮廓
是深深浅浅的印记

此刻我是幸福的
因为，我还能抱着你
对童年回忆

田园诗歌五首

南瓜的幸福

你缠着我，我绕着你
不经意地
把花开成并蒂
结大大小小的爱的果实
直到皮肤釉黄
满脸皱褶
主人才见证了那种
根枯叶烂的盟誓

豆豆的心思

豆豆在大棚里安了家
把每一个淋巴系统都埋藏在脚下
裸露出油亮的豆瓣身躯
连同一张张充满青春的脸
他不想说
自己是多么渴望外面的天地
外面有自然的雨露飘洒
有肥沃的泥土养他

也许虫儿会爬上叶柄
更有杂草骚扰根丫
他不得已在温室底下长大
最后成为别人舌尖上的艳遇
或者是，容器里的豆芽

落寞的葱花

小葱逃出了农家
一不小心
成为田园路边上的野花
在泥坎边任风吹雨打
落寞的葱花呀
她想回家
想回到大蒜家族
可她已经不再像
转基因的妈妈
农家嫌她卖相太差
只好任其自生自灭
看逝水年华

辣椒的爱情

辣椒总是生长在最黄的土壤
越是贫瘠的土地
越是能茁壮成长
她用赤子情怀恋着这片田园
她说，我不怕你贫穷

怕就怕呀
你忘了我们是怎样一起走过贫穷
如果增加了所谓的肥料
就像人体添加了毒素
浮肿无比
更像花心的男人
夭折了自己的孩子

黑木耳的巢

从朽木般的楼阁
进入玲珑的透明屋
黑木耳在成熟中展示
最新的科技
他涂着防腐剂的面霜
进入超市
连同根底的木屑
都成为纸币
唯独弃在路边的巢
像极了进城务工人员
留下的老人

看朋友的照片，即兴诗十二首

樱花很美

踏在这片林海
在柔风中沐浴一阵芬芳

仰头一望，似桃非桃
红的、白的、粉的
把一片绿草地装扮得五彩缤纷
漫步其间，心旷神怡

随你的脚印
拾起一枚，小心翼翼地端详
像看你玲珑的脸庞
花的痕迹，原来是一种精神

樱花很美
美得使人窒息

神濑川的版画
是你肥沃的土壤。从此
便长久地开在我心里

月牙泉边

像梦，像海市蜃楼
这是沙漠里的一片绿洲
月牙泉噙着泪寻找明月

让我如何构想
月牙泉的中秋也挂一轮圆月
泉眼里，我是不是你新的生命

在清晨唱一曲草原牧歌
放飞心愿
在夜幕赋一首戈壁离骚
沉淀情感

千年的湖泊是千年相思
水草相依，水石相融
我有仰望你高度的依据
你有俯视我深度的理由

月牙泉，你携着风雨在城楼等候
等一段楼兰传说
等一个戴着月儿暮归的人

乌鸦凤蝶

女人穿上黑衣是为了显得俏丽
它穿上黑衣又是为了什么

它是活在林丛边缘嬉水的公蝶
所以美名“乌鸦凤蝶”

黄凤蝶一定是它的姐妹
它们有血缘色彩
那黑色上衣掩饰着它们独有的血统
下摆花裙才是性别语言

其实，我很喜欢它
每一次徘徊在我身边
扇动双翅，就煽动了一片激情
我听见自己的心跳随它起伏

黑色纹理随着阳光变化
它在任何背景下都能站立成一种风景
别看它只行走在花前
宇宙之间，它是大地使者

长尾水青蛾

你这个妖蛾子使什么幻术
站在蝴蝶堆里
你就是穿着长衫的青衣

看着你，我看到了一个戏剧演员
耳边有《水墨丹青》给你伴奏
你就学着贵妃身着霓裳翻舞

你这个小妖妇
不喜欢看鲜花烂漫
喜欢靠近伟岸的大树和青绿枝条

喜欢站在高高的枝头让别人仰望
可是谁又会知道，你是除了皇蛾之外
最美的女人

紫云英之魂

你有一个很优雅的名字
是“紫云英”
而我习惯了叫你的乳名
“草子花”

你以最低的姿势
匍匐在这片广袤的田野
尽管没有华丽的外表
我依然为你着迷

那柔弱的身躯
避过严寒，悄然生长
在农夫不经意的视线下
生根、发芽、开花、结果

你是如此平凡
当我走近你，才发现
那一束绽放的是生命之光

是大地儿女的灵魂

清明雨之后
你把最灿烂的笑容
定格在我的记忆，来年
我定会在这片土地寻找到你

最后一朵月季

你不孤单，也不是最后一个
我要把你当成是唯一
哪怕我已经死去
也要守着你
陪你走过春夏秋冬
陪你风花雪月

那些花花草草、葱绿树木
都不能左右你的未来
你是大地的骄子
是春的使者
是冬月隐藏的梦

这个冬季很暖
让你绽放了一个岁月
爱是不需要预谋的
顺其自然的最好
就像我变成这棵枯枝
为你守候

牡丹之约

来吧，牡丹盛会欢迎你
发一张请柬邀请
气贯如虹、权倾华夏的你
满腹经纶、温文尔雅的你
腰缠万贯、挥金如土的你
布善如佛、广施仁义的你
你以游者身份拜访。走遍大地

来吧，牡丹仙子欢迎你
只要你投入温情的目光，就能看见
雍容华贵、大红大紫的百园红霞
粉嫩妩媚、腼腆含笑的玉面桃花
清新脱俗、绿衫披沙的春柳
纯净如玉、舞动白裙的香玉
她以主人身份接待。体现殷切情谊

来吧，牡丹诗情欢迎你
遍地是欢声笑语
春光，鸟语，花香
亭台，楼阁，倩影
古韵，古诗，古情
古墨，古香，古色
在载歌载舞声中绵绵不息
牡丹之魂，你我永久的记忆

忆牡丹

你定是回了洛阳，接驾去了
想开在美女身旁
对权威仰望
逃离南方，只给我留个念想

在这府中，你就是新娘
一袭圣洁的婚纱
透出诱人芳香
我迷恋着你的裙装

从花圃移植，到盛开在熟宣
一颦一笑，一俯一仰
是你前世的顾盼
是我今生的眷念

来不及给你绘一个春夏秋冬
你就香消玉陨
赶着烈日，回了洛阳
从此我的牡丹只在春天开放

高椅渡口

第一次遇见
是洪江的舅舅用渡船把我送进你的府邸
你是一个古朴的临水乡村

第二次遇见
是胡老师带领同学们在你的角楼下写生
你是一个可以入画的村寨

第三次遇见
我随同事乘车而入，慕名寻找你的芳踪
这次，你被同事称为“高椅古村”

第四次遇见
在朋友的照片中见到了许多自己的影子
才感觉，我始终离不开你的渡口

你一直摆渡在我的视线
一杆，撑的是岁月
一杆，撑的是情怀

目击者

三十步，二十步，十步
是你与鹅的距离
一屏之隔
是我与鹅的距离
鹅与水，是一片羽绒的距离

不能用“螳螂在前，黄雀在后”
只能用“目击者”。把你的猎手掩饰
可以隐藏在一片丛林旁
一墩石桥下

一片河滩尽头

恍如年少的你我
走过初恋，用一份纯洁对待
惊喜，恐慌
甚至防备

桐　花

山中有一株美丽的花
朵朵白色缀枝丫
花身吐出粉蕊儿
悠悠暗香弥漫山崖
桐花。桐花
让我把你身影描画

心中有一树绚丽的花
早开晚开皆芳华
经过风雨
灼灼生辉不胜泪花
桐花。桐花
记下我们走过的童话

我似桐花、你似桐花
所有繁华最终跌落地下
别说岁月短
无悔地走过春夏秋冬
下一个轮回，我还愿是那
永开不败的桐花

槐花赋

赋予一树繁花
开在你必经的路旁
与你相遇

赋予一片馨香
围绕你，把你的嗅觉纷扰
记住这个春季

赋予一瓣紫红
辗转幻化成你的书签
岁岁怀念

黔阳古城诗歌十三首

遇　见

什么时段遇见，都不晚
就在今天，你来到我面前
我不涂一丁点粉彩
立于沅舞交汇之处，万寿宫旁
用一份真诚，盛情接待

也许，你早已对我有了印象
那段昌龄君为我吟诗的传说
从舞水末端漂向远处
又经南正街上国道坐高速、乘飞机
让五湖四海的朋友有了一段记忆

其实，我是一个有深厚底蕴的现代女子
芙蓉楼存放有我儿时临摹的碑文
龙标书院旧址仍在传咏三字经
铁路桥头更有我诵读的现代诗歌
在相思湖尽头，还有我现在的思维中心

三月三的汉服和旗装，是我的礼服

今天，当你陪我走过中山街
蓦然发现，我一身便装
平凡之极，竟身藏各种技艺
你为此惊呼，倾慕

不会忘怀，你幸运遇见的女子
那浅浅一笑，便醉了
醉在邱宏麒的剪纸艺术里
醉在古城老巷的字画和古玩店
醉在舞水河畔的遇见与别离

糖　人

在古城能遇到你
绝不是偶然

三十年前，你就和小人书
陪伴我度过了童年
你玲珑剔透，我好吃贪玩

今天遇见
是欣喜、是激动
是甜甜的回忆

不要太完美
苦涩生活
有一点点甜就足够

卖糖人的爷爷都老了
你为何不老
是为了等一个迎接你的人吧

他一定会来
在你两鬓苍白时揽你入怀

醉拥一条舞水河

夕阳眯着眼
捕捉源头
你轻描淡写地说了一句
“无水”而已

我挥着竹篙重申
不，不是
是一条舞水河
从尖坡走到了湘黔之地
你不温不火
举起一盅畅然而饮

来不及阻挡，让我感觉
你喝的就是这一瓢河水
喜欢喝酒的滋味
不是真能醉人
而是那一丝的相思浸湿了整条河水

岁月如水一去不返

多少晨晖与日落
跌在你的源头和我的脚下
一个故事，你我不再提起

离花板床远点，她是梦

离她远点，她是梦
她是一个姑娘用青春雕刻的花板床
是无数个不眠之夜的离殇

离她远点，她是梦
她的灵魂一直守在踏踏板跟前
等待那个为她举灯的人晚归

离她远点，她是梦
有一座荒冢夜夜欢歌
是月色在弹奏她的悲欢离合

离她远点，她是梦
在古城的某个角落珍藏一段故事
那幽灵，见人就说

离她远点，她是梦
在社会的河床辗转反侧
父辈，在她的梦里很重、很重

怒　放

满树芬芳
允我柔情万丈
一枝独秀
许你一生收藏
举手、抬头间
你已悄悄驻进我心房

请赐予我无限遐想
想你在自然界
神采飞扬
想你渴望怀春
激情奔放

我愿是一缕阳光
照耀在你身旁
愿是清晨雨露
给你一份爱的供养
愿诚服于大地
任你把生命怒放

新　芽

离开了冬，她站在河边
等着春天到来
等心花怒放的一天

没有人知道
她卯足了劲说出爱你的时候
春，已经叩开了心扉
所有的倒春寒像流言蜚语
扑面而来
每一次疼痛，都绝不放弃

你用什么理由拒绝
这份来自冬雷呐喊孕育出的情感
她再也回不到从前
痛，被绽放

春天来了，还会走
她来了
就会在你心里长成参天大树
风雨相依

桃　花

我把你的疼痛，涂上我的指甲
让你附体。记住这个春天
别人用十里桃林做背景
演三生三世
我用十指红晕，牵手你的下辈子

让一路青山绿水笑我痴狂
在云淡风轻时等你这只雁南飞
在春暖花开的季节，越过

把吻落在我绯红的脸
如果这是劫难，彼此都甘愿

不要用下辈子！就今生
为我托起一片蓝天
让我一激动，泪就淹没那片林子
把所有妖娆融入你的血液
生死相随

桃花的故事

没有跟某个人打赌
赌桃花和梅花
含苞时
谁和叶儿一起长大

桃树不怀春
梅花不退场
她们不是孪生姐妹
但绝对让某些人发生错爱

我诧异
沙石堆旁的这株桃树
毫不含蓄
满树激情绝不用绿叶衬托

有些爱是不用遮掩的
怕啥呢

只要他说了算
整个江南都是他的

风景这边独好

这里的暖冬没有雪
阴、晴、雨
交换着装饰天空
风也格外温柔

整个环境充满绿意
柏树、樟树、桂花树
显摆着绿衣衫
水仙、兰草
舞动着纤细的腰肢
就连喜爱沙漠的仙人球也不过冬
生长着新芽
准备在小阳春时节胜利绽放

看，风景这边独好
两颗红辣椒像夺冠者
趾高气扬地宣布
来吧，我是舌尖上的诱惑

相思湖的秋夜

秋夜徘徊在相思湖畔
路途昏暗

看不清湖水
看得清你的影子
你的影子随我的眼波在湖中荡漾

其实，你并不在我身边
我随着风儿踱步
相思湖畔的游客来来往往
我隐身在游客中
你藏在我的心里

湖面响起音乐
有我们熟悉的旋律
这个记忆中宁静的湖面
在今夜，想你

没有你的相思湖
在喧闹中孤寂

月是故乡明

我在故乡等你
等月儿带你回家
在这座美丽的“黔城”相聚

悬在空中的明月
是你的思念
亮在街头的灯笼
是我的牵挂

今天，我们放下一切
让心回家
让激情在巷口相遇
让幸福把你我包围

我知道你一定会如期而至
不管是心灵，还是身体
我都在你的明月里

我问月儿何时圆

众人都说
八月十五大团圆
时逢佳节
家家户户把亲人盼
月，本是每月都圆
只是这中秋的月儿总是不一般

团聚的人儿呀
酒杯是月
离别的人儿哟
泪水是月
相思的人儿呢
饼儿是月
所有的滋味，让人儿慢慢去品

我觉得
中秋就是一份期盼

天盼着地
日盼着夜
长辈盼着儿孙
父母盼着孩子
就像此刻，我——盼着你

十五的月亮十六圆
月总是圆了又缺，缺了又圆
我真想问问月儿
你到底何时圆
一年复一年
也许有星空笼罩
也许有雨夜连连

月儿圆不圆
都由不得你我了
只要有份牵挂
就会
思念满满

吟霜降

凌晨的露气凝结成霜
有时降下寒雨
有时露开暖阳
这半个月
秋就只剩下最后一章
我的目光逐渐模糊

可叹
池塘里枯荷站立
山坡上枫叶零落
沅江一角浮萍稀疏
可歌
两岸芦苇随乐起舞
颂黔阳古城祥和安泰
赞淳朴人民热情好客

沏杯茶，请近友
温壶酒，谢远客
此时，我们在夜幕归来
欢聚一堂

琴韵安神，书香暖心
寒风露重都已远
亲情、友情融为一体
为晚归安睡点亮路灯
为寒冬醒来铺满深情

第三章　感恩生活

感恩我的父母

一眼万年是前世的承诺
有种遇见，因你
总走不出牵绊的目光

爱，无法用文字表达
提起。又放下
泪，从心里笑开花
连同你的汗水淌下
浸湿那片摇篮式的脊背
直到某天，弯曲成弓

感恩我的父母
你用双手扶我长大
我要陪你细数白发

心中的康乃馨

母亲的牵挂是我满头的青丝
绾多高的发髻都会垂向于我的胸口
贴近呼吸
母亲的关爱在我心里围成一片花海
长出无数鲜花
朵朵开放的都是康乃馨
温馨而美丽

母亲呀，你已经老了。白发爬上耳际
我看到岁月在你脸上留下的痕迹
肤色暗淡。目光却十分慈祥
那是一片宁静的湖泊啊

你给我筑一个爱的港湾
让我在五湖四海都能回归泊岸
你给我举一盏明灯
使我在天涯海角都能找到回家的路
不管你能陪我多久
一路上，我会寻着芳香而去
这个味道，就是你
盛开在我心中的康乃馨

小棉袄

绝不嫌弃她，再丑都是自己的
实在不行，就放一放
随她爱待哪就待哪

女儿去了南方，她忘了回来
也忘了和我交谈
也许她根本没有忘记，只是我自己
忘了南方是不用棉袄的

还有，一位朋友的女儿出国了
结果她大病一场
因为，她的棉袄离开了身体
她开始恐惧和无依
在她看来，这个冬天有点残酷

其实，棉袄只是一个外套
能御寒的，还是自己强大的内心
身子是自己的，冷暖自知
棉袄是可以定做的
且行且珍惜

这个冬天没有雪

开了冰箱，我的冬天就来了
我清点着里面库存的衣物
发现心被拧成了水
滴滴答答地落了一季

姑娘一直没回来
估计园子太大，她采购吃的
穿的，甚至玩去了
外面没有雪，不冻
随她野

假妈妈

粉色风衣裹着的这个小女人
今天
被女儿叫了一声“假妈妈”

来不及惊讶。女儿大声叫嚷
妖精，还我妈妈来
这个女人笑着问
我咋就不是你妈妈呢
你可记得，妈妈到底什么模样

一头乌黑的头发
五官端正
耳垂挂着一对红果子
胸前绕着一条玫红碎花丝巾
一只玉蝉若隐若现
一双玉腿藏在白色裤管里
配着黑马靴

这个女人今年不小了
可是心里，老是长不大
你让她如何老去
因为，她的世界充满童话

流淌在文字里的岁月

忙碌整天，总算可以歇一歇
为自己沏一杯清茶
把时间慢下来
拿起椅子旁的书浏览
这时候，整个屋子如此美妙

更多的时候
每天抽出一点空闲
在音乐声中阅读一本书
或是一份报
这样的心情总是很愉悦

不管是青春年少，还是白发苍苍
蹲在文字里的岁月
如夏天的清泉和冬天的火炉
恰到好处
把每一个苦涩变成甜蜜

文字，一直陪伴在我左右
我寻找他的梦想，他追随我的轨迹
我们成为生活中最好的伴侣

彼此离开
都会让生活缺少乐趣

山的那边有亲人

翻过那座山
有小村庄，可现在
曾经的小道已经长满绿草
油茶也无影无踪

路，是走出来的
心路也一样
彼此不走
目光就会迷失

渐渐远去的记忆
在弯曲的背脊上蔓延
很久以前
我在这儿走过无数遍

阳光有点烫，草锯有点疼
路况，令我极度疑惑
但他坚信，通过这条山道
有人在等待

一叶知秋，岁月变迁

也许，如果是山路
我已经无法找回童年
记忆里，我跋山涉水，随父辈寻梦

一走，就是一辈子
当我回乡
路还在，风景不在
但我们都知道山的那边有亲人

女人和狗

守住一户人
就是守住一种生活
忠实于行，忠诚于心

山有山的高度
水有水的低沉
要有前世缘，才伴一路风尘

田园旖旎，院落清静
感恩养育
叩谢黎民苍生

走一段，忆一生
一抔黄土埋风流
一方绿荫掩忠诚

表弟的枣儿

新疆产葡萄，也产枣儿
我表弟九十年代嫁到了新疆
从此
姨妈的藤也就长到了新疆

表弟这次寄枣，我只是代理
接收人是外婆和大姨
很久很久以前
他曾经打落外婆一树的枣子

岁月像树枝儿，一拨拨地老去
枣儿早已成熟
今天，他只是想寄回的枣儿
像自己小时候回家一样

冰冷的猕猴桃

心里总惦记着你
不是因为你有个诱人的美称
而是多年的相伴

冬日里
你依旧穿着毛茸茸的外套
满脸皱纹，却裹着一份青春

我剥开你的羽衣
退去你防御外界的伪装
渴望一次久别的重逢

当你酸涩的肉体从我唇边走过
咦，通身冰凉
原来，你的爱早在雪季里冬眠

吃杨梅

雨，一直下
绿了山、绿了水、绿了杨梅树

夏天的太阳，一不小心
把满山满树的杨梅照红
像过去的我
一不小心长大了
成熟后便离开了家

大清早，侄女带来的梅子
唤出了我的酸甜苦辣
这种鲜红，最怕吃到那股回忆

我轻轻地放下，慢慢地品尝
颗颗都是妈妈的味道

缘分，从来就是解释不清

——记录一只蜻蜓生命的最后时刻

（一）

天暗下来，风起
门关着、窗也关着
我实在诧异你的出现

你一定走了很远
越过了高山，还趟过了湖泊
直到你耗尽所有元气
把一具躯体送到我身边

不敢触摸
怕你抽泣，怕一种疼走遍你全身
怕我的泪打湿你的羽衣

（二）

是回家了吗？卸下防御
就甜甜睡着了
你知道，我会用温柔待你

如当年你从我身边走时我不阻拦
回来也好，至少你还是知道
不管如何艰辛
我曾为你筑起一个家

（三）

你也会诧异
这个家里怎么还有别的成员
有满天星，也有一方藕
还有蝉、绿虫、蝴蝶和蜜蜂

其实，我也不知道
她们是怎样来到这个家
我没发过一张请柬

蝴蝶落在我的牡丹画稿上
蜜蜂停在书籍旁，蝉躺在茶桌边
今天，你跌坐在地板上

（四）

我不知道
自己跟你是什么缘分
更不知道
你怎么心甘情愿地让我收留

我小心地拉着你的手

不敢摇动
怕把你的梦摇醒
怕你醒来又要离开

没有人能理解
我和你轻轻交谈的语言
缘分
从来就是解释不清

（五）

不管你来自哪里，你来了
这个家，是我的也是你的
我为你点一盏明灯
你便不再孤独和寂寞

看书也好，写字绘画也行
喝酒喝茶都可以
甚至，陪我看电影
只要你真正感到这是你的家

让你在白瓷房里休息
这是一个小小天空
如果可以，多年以后
我把自己的骨灰和你放一起

活下去的理由

——看到一只受伤的蝴蝶有感而作

假想它认识我
并且认得我丢在画室里的蝴蝶戒指
和那本篆书
没想到它在倒春寒遇到的劫难
与我不期而遇

它的生命如此短暂
猛然觉察，自己愚不可及
什么都了解
又凭什么为它的境遇难过

它伏在我手掌中
活下去的愿望透过颤抖
一阵强过一阵
我唯有用体温与它的灵魂对话
“坚强起来！活下去！”

这句话让我潸然泪下
为自己下半辈子的孤独
通过任性买单

清明雨

一路走来，充满风雨
人生
坎坷而崎岖

这个季节，老天悲痛不已
我不哭。路在脚下
你在尽头

阳光总在风雨后
这一季雨
是彼此都无法逾越的誓言

没有一个词汇能够准确描述
清明的思念
你！才下眉头，又上心田

兄弟，慢走一点

—— 悼念一位同事而作

匆匆，太匆匆
没来得及见一面
你就离开了我们这个集团
这个凝聚你多少心愿的舞台
你可舍得

匆匆，太匆匆
没来得及尽完爱心
你就撇下了亲人
老人、妻子、孩子。为你痛惜
你可心安

匆匆，太匆匆
岁月静好却缘浅福薄
兄弟呀，慢走一点
听，我们来为你送行了
你可曾感觉

匆匆，太匆匆
你无声无息地离去可曾甘愿

此一别
将是永别
何年？我们再相见

诗和远方

阳光照进窗台
透过光线
远景夺目而入
蓦然觉得，自己已经和远景
阔别很久

有时常常想
既然迷恋诗歌，就要保留痴狂
不忘初心
舞出我人生中最美的篇章
既然钟情于远方
就必须接受雨雪风霜

阳台外的车灯

仰头望见的不是星星
是呼啸而过的车灯
离我房子有一公里远的高速车灯

还是这样的夜
有月，我看不到你
无月，我看见云朵的影子
你在半空跟我微笑
再也回不去
那边攀爬过的高栏缺口
我把花草丢落在石间
从此遗忘

今夜想越过阳台随风跟着车灯而去
前面一排树影阻挠
提示我，这不只是有距离
还有有梦想和信仰
更有爱与尊重的选择
走了的
永远是不属于我的风景

夏天的心事

海子并没有死去
他活在你心里，放纵自己
你用灵魂来碰撞
把整个夏天用来回忆

书房里
一层淡淡的忧郁
那里有北岛说的往事
有夏蝉从早到晚为你弹曲
还有你半夜酒醒的呓语

我拾起那些点点滴滴
像博物馆里的残片
一路上
在我心里划过痕迹
泪，模糊不已

我总是你探听的对象
以为，离开你就是叛离
其实彼此不在同一个世界
你不知道，我每次独自前行

都不会留下任何痕迹

夏天，有风有雨
也阻挡不了你的情绪
每根音符都能挑起思维
吞噬你
仅留一具尸骸

如果，夏天可以延续
你是否会一直活在梦里
把青春岁月翻遍
与偶像对话
让心事，更具体

打 破

像雷声划过六月晴空
在《最熟悉的陌生人》里哭泣
窗外，墨兰已枯萎
烈日下
辣叶草已经爬满整个瓷盆

都是无意间
最疼爱的也会离开
不在意的，竟然想守护
能蔓延、会新生
如刚含蕾的马兰

再也不想见
你握着的那束玫瑰
它跟我的墨兰凋零在夏天
尽管我们曾经如此在意
你却不明白，我的呵护也很有限

只有那种残缺
才能把你我的记忆风干
带着疼痛

打破各种牵绊
从此，不关联

禅 心

想用一曲禅音
以单曲循环形式
表达此时内心的夜
想在雨音中剥光自己
从头到脚沐浴
直到从外到内一尘不染

想在空旷的夜里
用一支箫
越过一堵堵心墙寻自己
这是在哪里？我问自己
云里雾里、山里水里
直到灵魂飞越尘世里

这境界，我岂能及
月夜倾泻着满怀柔情
把我包围，连同
你的萧声带我逃遁
放下一切
心灵通透时，禅心不语

夜的声音

一束绿
演绎生命之光
在黑夜，独行

我为之欣喜
心灵，坦坦荡荡
那气息，生机蓬勃

是你走得太快
还是我走得太慢
我徘徊在自己的影子里

灯，亮在心里
即便你不为我照明
我依然前行

如果生活多一些美丽

我在为自己画年轮
从素描、水墨、淡彩直至重彩
每一笔都是无心涂鸦
而每一笔又是真实写照

生活有许多艰难和困惑
我学会了坚强
生活中也有许多迷茫与无奈
我懂得了放下

不是我不想表达自己
是还不够寂寞——心灵高度的寂寞
并在孤寂中重生
直到重彩的每一笔都不虚构

如果可以，我想应该可以
让自己的生活多一些美丽
谁都不知道生命在什么时候停息
所以我要演好自己的独角戏

由一首歌听到的

像一阵痛流遍全身
从发梢，五官，六腑
至四肢
从内而外
穿越
前世。今生

如果，还能呐喊一次
我只想随风追逐
飘逝

让心冬眠

一直有种错觉
阳光般的问候
心，温暖如春

想把情怀含蓄待发
像绽放的红梅一样
开释一份愿望

风，总是忽冷忽热
雪，却又薄情寡义
直到冰霜刺疼了我的脸庞
寒意从外至内感染心田
告诉自己不要对冬太在意

太在意，会失去自己
生命只是一种轮回
管他怎样地阴晴圆缺

看淡风花雪月
把心冬眠
守候一片洁白的心空

夜　雨

滴滴答答地传来一阵声响
似千军万马从远方奔来
一阵连着一阵
隐隐地，控制了我沉睡的思维
我寻着这阵声响走去
像灵魂夜游

天呀！你为何哭得如此伤心
这昏天地暗的
纵然是黑夜里孤寂到无人陪伴
你就必须制造些声响
搅扰无数人的美梦么

别哭，我知道还是有人爱你的
那个叫“农民”的人
一直珍惜你的眼泪
要相信
冬雨过后便是明媚的春天

听　秋

“啾啾”“啾啾”
有虫儿吹着曲随着夜走近
潜入房间
空楼里有一个没心没肺的人
斜望着天花板
懒散的造型恍如一丝不挂

白炽灯刺痛了眼睛
此时，没有风、没有雨
有楼上放水的、楼下娃哭的
还有对面楼房里锅碗瓢盆响的

这个夜晚的这间屋子
再没有一个身影制造些许动静
甚至没有人回答一声“嗯”
能听到的只是这个没心没肺的人的呼吸
如果外面的清辉能懂
亮一盏灯，只为有人
循着呼吸归来

枯树与云的对白

亲爱的，你要去何方
停下来吧
我愿为你托起一片蓝天

不，我是漂泊的信徒
早已习惯了追逐

好吧。我知道你有梦
明白你
离不开诗和远方

对。不管我是雨露
还是霜雪
我都会为你停留片刻

爱是无悔
哪怕来去匆匆
哪怕变幻莫测

春 夜

我想开始一次心的流浪
在古筝单曲循环里
寻找一个梦想

山还是山、水还是水
我无忧无虑地走在山水间
任由自己放肆地打闹、狂欢

今天，我的沉默如同黎明前的黑暗
我玩弄着笔墨，不知道
水是否还是水，山是否还是山

我不怕众人笑话
却怕感动自己而忘了擦去泪花
自己选的路，多艰难都不能趴下

我在这个春夜重生
用青春涂染岁月
一步一步走向满头白发

雪下的幸福

“嘭，嘭，嘭……”
冲天炮把梦打碎一地

我张开眼帘，忆梦
梦里是满天飘舞着的雪
旋转在花絮里
雪把我包围
落在我的头上、身上
冰滑如丝，柔弱似棉
我怀着一颗怜爱之心
任由雪肆意地宣泄

披衣，起床。寒意直袭肉体
我迫不及待地推开门
想证实梦里的快乐
地上有些浅湿的冰雨
远远看去
台阶和瓦片上竟然是一层雪白
走近观察
花盆里的土和植物被雪沾湿

雪，实在稀薄
原来那满天飞舞的雪只是在我梦里
在所有南方人的期望中
她终究还是来了

雪从天上来到人间
羞涩地踩进我的院落
我知道
所有的寒冷阻挡不了她
投入我的怀抱

小年心愿

开始清扫房子
扫蜘蛛网、抹桌子、拖地
把身上的尘土
轻轻拍落

把锅碗瓢盆刷洗一遍
给自己打一餐牙祭
给小灶神鞠一个躬
祝愿以后的日子烟火兴旺
年年有余

狂 欢

一个人的狂欢是孤独的错
一群人的狂欢是邀约的错
如果世界能狂欢，那一定是音乐的错

不要温柔，不要婀娜
野蛮和粗暴刚好
只要你的本色，随意旋转
在这个舞池抒怀

快！请——跟——我——来
直到成为我的俘虏
不用霓虹灯照耀，也能找到我的裙摆

诱　惑

这个冬是彻底的暖了
暖到梁上君子在夜里拉扯我的窗帘
偷窥我的睡态
“咯吱”“咯吱”
想把门弄开，堂而皇之地走进来

我屏住呼吸
掖紧被窝，毛骨悚然
生怕一股体香让他犯下滔天大罪

次日，发现他把我厨房的鸡肉吃光
还在客厅里撒野
打落一地坚果
也许是走得太急
把一尾鱼落在门边了
我四下寻找，早已没见了身影

他还会来吗？我心里寻思
若再来，我该把他好好招待
我煎好鱼肉，添加谷粒和麦麸
还有一种专供他喝的红酒

不知道这算不算诱惑
只知道他肯定还会来看望我
好好招待他一次，让他回到自己的家
不再推我门、摇我窗
不要突然又闯入我的梦乡

五月为你写歌

五月，为你写歌
用笔当话筒唱一曲“生日快乐”

所有的祝福流淌在纸上、心间
静静地诉说
你生于五月，我也生于五月
有些缘，是前世早已安排

想采摘一束鲜花为你歌唱
像晚风掀起那阵阵旋律
引来鸟语花香，给你安康

五月，我想要用彩墨
渲染你的青春
把你的朴实描绘，记录

静夜里，我轻声吟唱
用黑白键弹奏一曲与你有关的生日歌
“我们的未来一路欢唱”

祝福中秋佳节

你把“早安”发送过来
我就饱了
你的微笑让我看见灿烂的阳光
以及晚上即将升起的明月
此时，问候心领神会

而我不知道怎么回馈你
用问候和祝福都显得老套
你我还如此年轻
来一次浪漫吧
在你我的今天悬一个心月

一朵玫瑰太少
九百九十九朵玫瑰太多
用多少都不如用一颗心
你与我
在彼此心里就足够

好久没寂寞

寂寞的时候总喜欢自言自语
比如写诗
写一串压抑心底很久的符号
写一些有人看不懂的词汇
写一点别人猜不到的心情

是没有寂寞，也懒得寂寞
索性就用一段时间不写诗
我就成了一个慵懒的人
懒得纯粹
更懒得妩媚

寂寞，是个随心词
好久没寂寞
我就把“每日一曲”放给自己听
把“每日一笑”露给自己看
始终早睡早起，自由娱乐

好久没寂寞
就好久不用去思考
如何取悦一个人

去揣测过往，去假想未来
去把自己一次次地否定

好久没寂寞
阳光就格外温暖，雨水也特别清爽
花儿娇艳，风景优美
没寂寞的日子
那壶茶，便是我开启的一坛佳酿

醉酒

记不清是第几巡
都底朝天了
你还拿着杯儿不放
说“感情深就一口呡”
我笑呀
这感情儿真好

一仰脖子，脸就通红
浑身的躁动
让高潮提前到达
轻轻地放下
这股甘泉
像蛊一样深藏体内

中毒实在太深
连天空都失去颜色
房子在跳舞
树影在拥抱
爽不爽，你没发言权
要晚风说了才算

想手舞足蹈
让每个脚步翩翩起舞
看每颗星星都朝我微笑
我不敢放肆
怕一不小心把诗句
排山倒海拱出

女人的心思你别猜

山沸腾了，水不会舞蹈
树欢乐了，藤不会缠绕
那只孔雀开屏
不是为了展示美丽
女人的心思，你别猜

要猜，你就戴上面具向她走来
或是开怀，裸露动脉
只有狠狠地剖析
才知道这根肋骨，是不是
她的爱

女人的心思，你别猜
满面芙蓉也许并非快乐
雨带梨花可能也有悲喜交加
青衣，阑珊
只叹“犹抱琵琶半遮面”

无字碑，能改朝换代
女人的心思你别猜
江山似画，岁月如歌

爱河永远不需拐弯抹角
如果你猜
疼的，一定是自己的情怀

沦 陷

这场雨，没有半小时
泥土就被掀开
一股竹笋味
掩盖了整个春色
泥土跟着她走，她跟着念想走

几小时内
做着与自己无关紧要的事
有个身影就会在脑海里肆意疯长
她在雨中奔跑
唤不醒夜里的梦

无药可救，忘了自己吧
当花儿凋落
她已经完全沦陷
未来迷茫。只管深一脚
浅一脚

春光总会泄露天机
岁月零落
又有多少岁月经得起考验

爱是双面娇娃
有甜蜜，就有悲伤

我愿意

在黔城
我没有爱人，没有家
但我仍然喜欢每天去那儿
欣赏从城角升起的晨光
以及在黄昏跌入护城河的夕阳
看熙熙攘攘的游人来往

逛着古城
从民宿封家大院到风味春卷小吃店
找一段怀旧时光
从半旧茶人居到现代冰花画院
寻一个红尘知己
多少次
夜幕下的更夫敲碎了梦

而寻梦的我
在古城租下一方闲地
偶尔带着一两个学生
听着曲儿，写字或画画
无聊时还种些花草
甚至穿着一件“古城艺术坊”的T恤衫
懒散地从东走到西

从南走到北

哎，我愿意
假装自己就是这块土地的主人
花掉所有积蓄
只为青春，也为情怀

飞　天

那一刻
抛出彩绸，划一道长虹
放飞多彩的梦

你在脸上敷满油彩，浅笑
一抬手一甩胯
灵动自如似敦煌仙子

来一个造型吧
只要能给出一个支点
定画出最美的弧线

踮起你的脚尖
旋转无数的汗水
晶莹如泪

喜悦洒遍舞台
让高潮极像你飘过我灵魂的高处
从上而下焕发

住　院（组诗）

如果能去花树下吊水就好

不感冒，不发烧，我没生病
只是昨晚咳嗽用力大了一点

不要说我有病好不好
我只是不小心让自己咯血了

我把自己稀里糊涂送进了医院
这儿环境挺好的，我是来度假的

既然，我不是“病人”
我就该离开病房去花树下吊水

我找到动脉了

“不疼，如果疼，你可以骂我”
护士妹子是这样对我说的

瓜子脸，柳叶眉，声音好柔
这模样儿的姑娘我只想欣赏

只见她一用力就把针头扎进了我的血管
噢——我大叫

“我找到动脉了，想自杀一刀就准”
我还是不敢骂她，只能这么开句玩笑

她欠谁的疼痛

隔壁病房有个女人哭天喊地
早上喊几次，中午喊几次，晚上喊几次
听人说，她的病
在很多大城市的医院都查不出病因

既然是病，哪有不知道的病因
我们要相信科学，还可以相信哲学
科学不能解释的东西
哲学可以诠释

听着她这么哭天喊地，我就心疼
有人笑我：与她非亲非故，你心疼什么
突然我脑袋闪过一个念头
她难道是心病

刀背儿

梦里，大抵是什么剧情我已经记不清了
思维清晰时只有一个词留在脑海
——刀背儿

这种胆怯是朋友说医院阴森引起的
还有传来各地有水灾的讯息

来医院三天了，一切太平，出入的人不多
打完点滴后，我和朋友在医院走了一圈
说是呼吸新鲜空气有利于康复
后院还空着两栋崭新的建筑
当他说这里清冷时，我轻松多了
我自然是不希望这里像闹市的

那个每天被病魔折磨而哭天喊地的女人
又出现在我的脑海
有人猜她哪根神经有问题
有人猜她被别人诅咒
她打滚时按着腰部的样子像极了垂危挣扎的白鼠
她至少还能挣扎，而泥石流下的人们
怎么离开世间的，就跟做梦一样

穿　插

雨，透过纱窗飘进来
我把鲜花重新修剪后插入矿泉水瓶
一片花瓣掉下来

我的病和雨水一起到来
泛滥
这是老天对我的惩罚

悲喜，总是在交替着
一罐氧
穿插在你我之间

雨暂停的时候，我有些忧伤
便给这瓶花取了个名字
交叉感染

我想你了

我想你了
在这个树木葱绿的初夏
阵雨停歇，微风习习
叶片上搁着些许思念你的泪滴

我想你了
在太阳到达北回归线之前的初夏
躁动，开始吞噬我
思念随着胭脂花生长，开放

我想你了
在无数个昼夜的交替
玉兰白了、石榴红了、栀子黄了
唯有你，始终是那片
抹不去的绿意

台　阶

如果从缝隙里长成的
都是新生命
就有许多传说

生活
犹如台阶一样起落
你走，我来
终究错过

泥和石头，并没有恩怨
阳光和霜雪，也不是孪生
交织的岁月如网

个体和社会
是怎么样的关系
我渺小如沙
能否筑起一阶阶的墙院

台阶
可下，还可上
走着自己的步子
寻一寸阳光

写给自己的歌

不要高调，就这样默默地就好
就这样乱弹琴
把自己弄成一塌糊涂
像割了右耳的梵高
把社会上的语言全部堵在一个耳旁
让自己的眼睛能够自由睡觉

把最初的相逢，用信笺包裹
把所有的念想谱成G调
把每次的问候或祝福
放在清晨或夜幕
用华丽的热恋词汇掩盖一切孤独
用肥大的皮囊隐藏消瘦的骨骼

就这样，把自己浅搁
搁在一张张宣纸里
搁在一叠叠文稿中
搁在曲曲禅音与檀香盒
让自己懒散得像只小花猫
踩着独特的舞步奔跑

第四章　42首短诗欣赏

小 暑

太阳雨是大手笔
泼一点朱砂，辣椒就红了

童 年

甘蔗的绿叶可以捉迷藏
给一柄向日葵就是整个夏天

残 香

是谁放的蛊，在深秋的雨季
无风也能中魔
看不到花影在一树凋零
却想起了整个秋林

评　价

尘土扬上身时
你选择让它自然落下
无须语言
满嘴辩解都抵不过时间

关于成长

长不大，不是指身高
不要戴有色眼镜
别人的高矮与你无关

不惑的年龄依然在迷茫
是因为爱不够
包容不够

话 茶

三寸金莲
适合把叶子翻来覆去地煮
走出去，有人会
贻笑风雅

诗 观

平仄和韵律只代表你的心跳
喜恶与民生
才证明你是否活着

同心锁

铁如铜墙又如何
得到与失去只需要一丝缝隙
无孔不入

夜　色

我把白天涂成黄色，把夜晚涂成红色
装点你的每一个蓝色天空
愿你岁岁平安夜夜好梦

生　命

或是重于泰山或是轻如鸿毛
不分高低贵贱
只要有求生的愿望
谁都阻止不了你活着

病　痛

可躺，就不想站着
能吃，决不愿饿着
一声不吭
排山倒海的不是躯体
是一颗坚强的心

知　音

如果伯牙断弦是引子
我去哪里找草药
医病

种　子

释放对大地的情感
收获一岁悲喜

暖　冬

用日月星辰为你照明
趟过风雨温暖送行的泪花

重　阳

今又重阳，岁岁重阳
我的高度站在长辈的脊梁

晚　晴

夕阳西下，情伴天涯
心之皈依就是家

金桂飘香

别嗅，有毒
这个小精灵在十月小阳春
兴风作浪

伯　乐

大浪淘沙
不是因为我特别灵光
是你平视了每一粒尘土

许　愿

空即是色，色即是空
不许妄言
我佛慧眼，只照初心

影　子

要他往东绝不往西的
是自己的影子
你在哭他绝不笑的
那才是知己

再　见

见与不见，在彼此心里便好
别说再见
我怕一转身，再也不见

立　夏

在阵雨的敲锣打鼓声中
夏哥哥卸下春姑娘的粉妆
许诺她一碧江山

风　筝

留一条专线
让思念
随时都能找到你

上善若水

若沉下，只想为你显山露水时不孤单
若沸腾，定是为你抵风寒

爱出了错误

曾经以为迈出这一步不难
谁知道，迈出这一步
就无法回到从前

无心之过

这个结果，彼此都无法预料
真的不是故意
掏不出心，可以掏出悔青了的肠子

虚荣心

珠光宝气是道具
骨子里
徘徊着一只落汤鸡

不要听哀乐

情感是绝缘体
心痛，不是来源于音乐
是那可悲的故事

车　票

别回头
也别问我是否可以继续
人生是单程旅行

春　雨

落金落银，不如落一地庄稼
作死地落
连心都会发芽

夜来了

如果星星能带来光明
我也可以
用黑夜呼唤黎明

纯音乐

把心清空
和字符对话。眼前就会盛开
无数的“多——来——米”

夏　至

你站在北回归线向我表白
爱，很烫。把我的躁动一阵阵抬高

落　叶

你转身离去
留给我一枚冬的书签

小 雪

秋霜的一袭冷漠
你用洁白付之一笑

冬 韵

冬雨，犹如女人的腰
缠绵着扑向你怀抱取暖

冬日遐想

我愿成为一只信鸽
把北国的冰雕、南海的椰岛
呈给领导检阅祖国的富饶

篝　火

照亮整个夜空
描绘一个飞天之梦

元　旦

走了一生都走不完
原来这是起点也是终点

父　亲

没有山高、没有海阔
一路岁月谱写一首歌

面具

（一）

出生在一个世家
用古老的文化述说绝代芳华

（二）

缤纷的色彩
装饰一个千年邂逅

（三）

社戏里的主角
“喳、喳、喳、喳、咚锵”
填满了整个童年单纯的记忆

（四）

用假面的人摆脱不了现实
美的容颜掩挡不住
丑的灵魂遮盖不了

山 脉

女娲补天的遗石打碎在人间
魏格纳蓦然发现
板块运动让世界沧海桑田
喜马拉雅和安第斯从此连绵不断